DEERBOOK
鹿 书

巨鲸

私人文学史

杨典 著

WUHAN UNIVERSITY PRESS
武汉大学出版社

图书在版编目（CIP）数据

巨鲸：私人文学史 / 杨典著 .—武汉：武汉大学出版社，2020.12
ISBN 978-7-307-21953-3

Ⅰ.巨 … Ⅱ.杨 … Ⅲ.文学史研究 Ⅳ.I109

中国版本图书馆 CIP 数据核字（2020）第 233636 号

责任编辑：赵 金 黄建树

出版发行：武汉大学出版社（430072 武昌 珞珈山）
（电子邮箱：cbs22@whu.edu.cn 网址：www.wdp.com.cn）
印刷：湖北金海印务有限公司
开本：889×1194 1/32 印张：6.75 字数：151 千字
版次：2020 年 12 月第 1 版 2020 年 12 月第 1 次印刷
ISBN 978-7-307-21953-3 定价：48.00 元

序

　　古人常言读书不求甚解，却在读书时又大多讲究分类或谱系，如清儒钱大昕之"刚日读经，柔日读史"云云。但我读书真的没有任何章法，从来就是乱读。乱读的习惯，是20世纪80年代养成的，因那时家里空间窄，书架也少，所有书便全堆在一起，看见哪本饶有兴趣，就抽哪本出来读。一本没读完，又去读另一本。常常是很多书同时在读，有些能读完，有些则半途而废，不了了之。后来屋子扩大了，书码放得整齐一些，但这种恶习却改不了了。大约因我不是一个喜欢系统化的人，故读书方式也是野蛮的。

　　据说，读书也并不见得一定要有秩序不可。如法朗士所言，读书是"灵魂的壮游"。既是壮游，必是随处乱走、随遇而安，才更有冒险、惊喜与意外之感吧。我记得林语堂先生写过一篇《读书的艺术》，大约是说读书可以很乱，找到原文，抄一段云："或在暮春之夕，与你们的爱人，携手同行，共到野外读《离骚经》；或在风雪之夜，靠炉围坐，佳茗一壶，淡巴菰一盒，哲学、经济、诗文、史籍十数本狼藉横陈于沙发之上，然后随意所之，取而读之，这才得了读书的兴味。"林语堂还在《我的图书室》一文中，说到过去的公共大学图书馆，是按照杜威或王云五的方法进行图书分类。这固然好，但对一个普通学者的斗室而言则不可能。那么如何插架呢？他的办法是"使书籍任其所在的地方"，也就是诸如床上、沙发上、餐厅里、食器橱中、厕所架上等，总之到处都是书。正如林语堂所谓"书籍绝对不应分类。把书籍分类是一种科学，但不去分类是一种艺术"。

我读书的习惯倒没那么凌乱，不过过去因地方窄，书太多，只好挤在一起，故而不知不觉也就按照"艺术"的方式去读了。

读书的根本是为了明理、思索以及更好地表达与认识（即便完全不表达，沉默无言，也是一种表达与认识的形式），故读书之瘾若真成了恶习，便会升级，变成写书。写书之瘾再升级，便又会变成希望出版，拿给别人去看。哪怕是写得并不好的书、坏书、怪书、无意义之书或恶德之书，也会期望别人与自己能有一些同感。

恶、怪与坏，到底值不值得出版呢？这其实是个很古老的问题。

如在 17 世纪，弥尔顿在《论出版自由》中就说过："德与恶本是一体，消除其中之一，便会把另一个也一起消除了。"——他当年写下这本书本是为了反对英国政府压制出版和教权制度，但其书之影响却直接延续到法国大革命时期米拉波写《论出版自由：模仿英国人弥尔顿》，以及 1905 年的俄国革命。弥尔顿之言当初的意思是，一本书（或一切言说的自由），即便完全是"恶"的，也应该允许出版。因唯有如此，才能使人提前作出判断。但这个数百年前反教权式的知识分子的良知与愿望，至今似乎也未能在世界范围内实现，以至于当恶（譬如战争、强权、欺骗或瘟疫）出现时，人们仍然并不能当即觉察。待觉察时，恶已变成现实。也许在弥尔顿的观念里，人若丧失一切书籍、文字和言说（无论文史哲还是科学与神学）的自由，便都是一种

"失乐园"。恶魔撒旦（作为极端美的堕落天使）即用自己生成之语言自由，去反抗已被世俗偶像崇拜化的天庭；而人若能获得出版与言论自由，则是一种"复乐园"，正如基督对恶魔的几次"拒绝"（这也必须通过反对的语言才能做到）。何为弥尔顿在宗教哲学与史诗意义上的善恶树、古蛇、性、原罪与苹果？归根结底，就是语言的自由。没有语言，任何有效的思想都不会诞生，无论善恶。语言对社会现实的预示和批判，自古就是所有文明的先锋，以"六经"为思想源头的中国应该也不例外。可能在造物主眼里，各种语言都是恶（正如"巴别塔"即语言"变乱之塔"）的发展、演变和升级，尤其是文学与哲学。因任何雄辩或诡辩的语言，都带有反抗权威的特性或毁灭性。太平无事时，善人就应该是听话的，恶人才会唱反调。可一旦灾难发生，善人们的沉默却会成为共谋与罪过。故善是平庸之恶，恶则是创造之善。这真是一件全球共同的悖论。恰如罗兰·巴特所云："语言即恶魔，此外并无别的恶魔。"这里的恶魔，主要是指人在反抗时对理性、自由、判断、法治、文学、艺术、爱、科学与智慧等的综合追求。因所有精神都必须通过书和语言才能传递。

书——或语言之恶，并非社会行为上的恶。作家作为人，必须具有一般意义上的社会道德和公德，这是没问题的。但历代很多伟大的文史哲作品、改变过历史进程的图书、了不起的思绪、发明与想象，往往又是反道德绑架或反世俗的。因文学与哲学同时还是人性思维的拓展，而不仅仅是"道德文章"，也就是说，作家有义务对社会环境、现实问题、灾难、恶或不公发表看法，表达反对，但在文学创作上，却又不能完全以此为标准。文学可以反映现实，但这只是它众多的功能之一。因文学与哲学、神学、科学、数学或音乐等一样，同时还是人类形而上思维、极端想象力、存在与否定存在，以及绝对自由精神等的最高表现形式。读书越杂乱，这种感觉就越清晰。

那么，究竟何为精神自由？这恐怕是一种有限的无限性吧。

比如当灾难发生时，可能再焦虑的思辨、哲学或再伟大的书，此刻也只能如陷入盲区里的猛兽一般无奈。知识与书到底有什么用？自由在哪里？可能问题并不在于有用无用，只在于有还是无。人在本质上，正如张申府先生在《所思》中言"两人之间无自由"，何况全社会或全人类？在读书与写作上，我们倒是可以不再需要用别尔嘉耶夫或哈耶克式的观念来谈了。因读书与写作的自由主义，若不能完全体现，其最低限度也应该是保守主义（保守主义只是自由主义的前传）；若能够完全体现，则其最高封顶是虚无主义。如何在合理秩序中重建爱与哲学，或无限接近完全体现的一种自由？这相当于如何兼容个人欲求、哲学与社会法制之间的磁场，其大历史文化的中心，是个不断将我们有限的知识吸入悖论的黑色旋涡，东西背反，过犹不及。

读书与写作自由，并不等同于社科意义上的"自由主义"，尤其是文学的自由。文学的自由是对某种无限性和反逻辑思维的挑战与实验，而不是语言实用主义的自由。

正如我们都知道什么是文学的社会责任（就像中国古代的士与文章的关系），可对"伟大的文学"，又不能仅仅以时代责任和道义之心来做窠臼。文学有标准吗？古今中外与现实、时事、灾难或不公平悲剧无关的伟大文学作品，如戏剧、诗与散文，可以说与其他的伟大文学作品一样多，甚至要多无数倍。谁规定"伟大的文学"必须写苦难？即便在文学革命时，它也并不一定是革命文学那样脸谱化。如王维与大部分唐宋诗人们的诗、《世说新语》里的名士之语、陶宗仪的笔记、张爱玲的小说、《西游记》、六朝志怪、明清传奇、《金瓶梅》、《红楼梦》或《牡丹亭》；如萨德、塞万提斯、凡尔纳、纳博科夫、乔伊斯、普鲁斯特、卡夫卡、博尔赫斯、里尔克、特拉克尔、兰波、卡尔维诺、艾柯、帕维奇等人的作品，以及《枕草子》《源氏物语》，还有一休、良宽与夏目漱石的汉诗或谷崎润一郎、太宰治、川端康成等的书……他们都曾面对战争或现实苦难，很多甚至曾亲身体验，但他们写了多少时事，写了什么现实？似乎也没有多少。他们只关注人的内心、幻想、爱情与人性本身的奇异与沉沦、美与性、怪癖与尊严，有时甚至就写闲情、荒谬与颓废，写那无所不在的"无"，难道不行吗？难道他们写的就不是"伟大的文学"？伟大的文学主要建立在伟大的虚构上，而不仅仅只有"批判现实主义文学"才算得上是伟大的文学。真正能反映或镜鉴人类永恒价值与矛盾的文学，大多数时候，正是那些亘古不变的奇思异想与非现实主义文学，是"壮游"而非"视察"。尤其在进入现代性后的世界，战争的形式也在不断变化，难道不许伟大文学的形式也发生一些变化吗？语言三十年会有一个流变，文学更是嬗变的。一切文学末世论，也都是一种文学短见，不适合于伟大的文学，只适合于没有伟大文学天赋的人。文学的社会角色的确有起伏，但不会消失，文学并不来自19世纪的西方，而是从甲骨文或希伯来文时代就开始了它的责任、消遣与力量，也必将与未来人类与人文精神共存亡。看上去天马行空的《庄子》、《神曲》、《天方夜谭》、《封神演义》、鱼玄机或巴塔耶的诗是伟大的文学，当然，像奥威尔、加缪、巴别尔、赫胥黎、海明威或吴宓等人那样直击现实的作品，也是伟大的文学。文学只有好与差，是与不是，但没有任何衡量标准。没有任何一种文学——哪怕它再伟大（或再具有语言之恶）——能有资格变成其他文学的标准。设定"文学的标准"本身就是反文学的。

本书就是前些年积累一些读书随笔、写作观念或偶然记下的书话之集锦，是我个人对书斋生涯的零星琐忆。读者随意翻到哪一页，都可直接浏览；任取其一，皆可独立成篇，如艾柯的《密涅瓦火柴盒》，也正如林语堂所言的那种"艺术"或曰随意吧。故我将抽屉中现存的、尚未在别的书中出版过的书话篇什，也全都尽量放在这本书里了，以便总揽记忆。

中国古人很重视历史，但清代以前其实从无什么"文学史"。因在中国人看来，阅读就像往事，有时会涣散，有时又铭心刻骨。一切书都是人所创造的。而书一旦创造出来，便又会完全变成独立之物，并反哺于人，甚至还会倒过来去创造一个人。一个人的读书与写作范围，本身就构成了那个人的文学史。比如很多早年读过的书，我自己其实都忘了，但它们却暗中对我有着潜移默化的可怕影响。甚至在血液里，在脾气上，在对虚构与叙述的癖好中，仍秘密操纵着我今天的生活与言行。这种文学史超越于任何学者们编撰的那种罗列名著与名家的文学史，是每个读书人的根本精神史。很多作家都写过这种读书式"私人文学史"，如巴塔耶《文学与恶》、布鲁姆《西方正典》、卡尔维诺《为何读经典》、萨瑟兰《耶鲁文学小历史》或郑振铎先生《西谛书话》等，读书本身就是私事，这并不稀罕。其实在生活中，就算是真历史，也并非是那些公开的编年史，而是以往发生过的全部细节、遗忘乃至误解的大杂烩和每一个当事人隐秘的情绪。某种意义上，历史从无整体，每个人都在盲人摸象，看见的只是局部，表达的更是局部的局部，且都很渺小。文学亦如是。读书与写作亦如是。故我索性将一切我与书之间的纠葛、记忆、淡忘、议论与嗜好，将能够出版的侥幸与某些不能被出版的遗憾等，包括我与书之间的相互否定或混淆之总和，皆一概统称为"私人文学史"了事。

2020 年 3 月，北京

目 录

说药 从古代志怪笔记看中西医学之别

　　"说药"一词，滥觞于宋人话本小说之中，在诸如《青琐高议》、《武林旧事》、《夷坚志》、《东京梦华录》、《清异录》、敦煌变文等宋人笔记小说中皆有载，本指一些专门用药性、药名、药谱与医案等来讲的故事。近代学者胡士莹在《话本小说概论》的"说药"一节中言："说话人都是'郎中'。……后世的剧本和小说中，常有把一些药物的性质、用途，作了浅易的说明，或者以各种药名缀衍故事并作人名的"，甚至戏曲中也有以药名演故事的，如《幽闺记》与《玛瑙簪记》等。如说三国姜维有"良田百顷，不在一亩；但有远志，不在当归也"。古人在对待精神困境与病痛时，也常有所谓"心药"。唐代禅僧石头希迁，便开有《心药方》云："凡欲齐家、治国、学道、修身，先须服我十味妙药，方可成就。何名十味？慈悲心一片，好肚肠一条，温柔半两，道理三分，信行要紧，中直一块，孝顺十分，老实一个，阴骘全用，方便不拘多少。"另如明末思想家方以智，也自号"药地"，并著《药地炮庄》以阐释对道家的批判。这大约是因为在释家看来，人间的一切病皆为心病。

1

方以智后来在其重要论述《易余·约药》中，特别详尽地谈到一些观点，现可摘录一段如下：

> 无分别之太极所以尊有分别之阳明，以理之也，皆病也，皆药也，有总杀之药，有杀半之药，有公容之药，有不容之药。然正当明其正药奇药，毒轻毒重，君之臣之，佐之使之。神医之诊，惟在当不当耳。今之食门庭、药门庭者，病极矣，不独愿教与跖教也。又将以无忌惮之锦囊，炼一队北宫黝，而授受以张鲁之符，杀天下之良医而独贵其药肆之垄断，祸可胜痛哉。向以窃仁义之药者，罪圣人之方。乃今公然窃任放冥应之药，窃独尊无碍之药矣。窃仁义之药，不无芎䓖藁本，然犹忌风惮膻，必和甘苓。窃任放独尊者，羊踯躅酒加曼陀花，埋人取颓，马射阿虞，竟莫可穷诘矣。洛闽熄邪，应为此惧，安得不恨大定本空之单提作俑者乎。然安知垄断毒药，益酿金蚕、暴乌堇，以为得计，而又毒新俑，此助虐设网，反熄惧者乎。

当然，方以智写这些话，本意在阐述他的"本空"哲学，所谓"一为佛庄洗冤，一为学者进竿，一为天地出气"云云，目的还是在思索如何能"无生死"。但他大量使用药物名的叙述方式，也基本与宋人"说药"的传统一致，只是并非小说。人有病，天知否。人体之病常起于冬日，如朝代政体之病，也多在冷漠与萧索中积累或爆发。疾病是健康之余。正如《易余》开篇小引所言："三时以冬为余，冬即以三时为余矣。大一以天地为余，天以地为余……死者，生之余；生者，死之余；以生知死，以死治生。无生死者，视生死为余。生如是生，死如是死，视无生死又为余矣。"

有明一代，多通医理，如自明初朱权《活人心法》（清代刘以仁也有同名医书）至清初吕留良《东庄医案》等，后者甚至在逃禅之前，长期赖悬壶术以谋生，也常以此衡量世道人心之变。

作为一个地区的原始医学，中医自古"医巫同源"（毉），后来取消了祝由科，也许算是某种进步（但现代医学却有心理疗法）。很多人对《本草纲目》带有偏见，乃因其中引了许多来自志怪、传说、诗、风俗与神话之文学作品，便认为这药学是荒谬的。其实这是由于他们对汉语传统"类书"的编撰方式不了解。类书就是百科全书，是杂家，必须把所有与之相关的记载全部放在同一纲目之下，方便总结。这只是古人对知识的一种检索方式，相当于现在的网络记忆法。除了药物学，《本草纲目》可能是最重要且规模最大的一部"说药"类文学作品。而纯粹的医书如《黄帝内经》《千金方》《金匮要略》《温病条辨》《类经》《甲乙经》《腧穴学》《证治百问》或各种医学元典、教科书、实用手册、民间偏方类医书等就没有这些，只有具体理论、技术、图表与历代经验积累出的药方。但是医书里还会包含周易、气候学、干支与时间之学，也会有音律学（"藥"字不过就是音乐之"樂"字的植物属性，如《说文解字》云："藥，治病艸。从艸，樂聲"）。这也是因为汉儒们当年把所有学问全部统一在"天人合一"的概念之下了。阴阳五行（包括五色、五味与五音等）变成一个小宇宙模型，什么都可以往里面套，最后变成理论指导实践。而且良医如良相，或如西哲所言"病夫治国"。药的第一义就是能治病。无论是《老子》的"圣人不病，以其病病，是以不病"，还是"治国如治病"皆如此。"治"字本指治水，疏通河道，也始终通用于中国人的文史哲之学、医学、水利学与政治学。管理国家便叫"统治"（如通医学的黄帝与这块土地上的第一位统治者，大概在汉儒眼里就应该是同一个人，故将汉以后集体编撰的医学理论著作称为《黄帝内经》)。专攻于哪门学问，便称治学，如攻明代历史便称"治明史"。治学严谨，乃常用语。治国、治学与治病是一码事，即如何调理平衡，匡正错谬。也就是说，从一开始，中国人便认为现存事物、环境、政治、知识、心理与世界等就是有病的、不健康的、不完美的，所以才需要治。

不仅说药，在对瘟疫的判断上，古人始终喜欢带有隐喻。如对爆发瘟疫的"疫鬼"，古籍里多有记载，如晋代干宝《搜神记》卷十六：

> 昔颛顼氏有三子，死而为疫鬼：一居江水，为疟鬼；一居若水，为魍魉鬼；一居人官室，善惊人小儿，为小鬼。于是正岁，命方相氏帅肆傩以驱疫鬼。

盖瘟疫、水利环境与宫廷政治之间，始终存在着某种关系，只是不一定明言，最终还要用戏剧与祈祷的祝由科方式（傩戏）来对付，也类似于最早的一种"说药"吧。

有人曾言《黄帝内经》之"岐伯"即西医之祖"希波克拉底"（音译类似）。这当然没法证实，只能当作一种中西医对话的"说药"故事来看。古希腊亚里士多德倒是认为，世界上只有三种事物：植物、动物与矿物。这一点在中药学上也基本上如此，且无论百草、石头、动物、骸骨、一切有毒之物、人体零件，还是污水、眼泪与粪便等都可以入药。有病就要用药治。

"说药"其实就是说世态与世病的故事。且"说药"作为一种特殊的文学现象，宋以后也自有其特殊的传统，即分散到各种作品里。如《三国演义》中的华佗与麻沸散，《水浒传》中的安道全，《西游记》中的金丹与人参；至于《金瓶梅》里的毒药与"胡僧药"就更不用说了，西门大官人本身就是个开药铺的，此书可以说是一个市井"药王"的家庭风物志、绯闻与欲望史，书中所述西门庆对药物的应用、诱惑和谋杀，以及药物最终对他个人的毁灭等，可谓是最彻底的一部"说药"体长篇小说。中国人特别重视药的思想，魏晋名士吸食石髓"五石散"，还算是一种古老的"嗑药"。就连发明的点火之物，也叫"火药"，此种奇特的修辞方式也是西方文学里没有的。过去的"说药"小说本起于岐黄之术与街头勾栏瓦舍说书把式的嫁接，古老腐朽，但也会旋即让人想到鲁迅的那篇《药》。盖因"人血馒头"是个社会学悖论（救人之人与被救之人的关系竟建立在后者对前者的嗜血与吞噬之上），而文学本身只是一系列世间无能者的自救列传，妄图扮演创伤与治疗并存的双面角色。从这个意义上讲，"说药"也有现代性，就像一切玄学也都具有某种现实性。

本草之药，最初起源时只有三百多种，清末发展到二千多种。除了来自植物、动物与矿物，也有来自手工业、冶金、制盐等早期简单的准化学制品。道士们的炼丹术，其实是中国唯一的化学传统，不仅发明了豆腐，也发现了一些合成药。道家渴望炼"长生不老药"，也就是丹药。外丹是药物，内丹即对免疫力的修炼。此类记载可读晋代葛洪《抱朴子》或明末伍冲虚《伍柳仙宗》等，毋庸赘言。另如张骞出使西域时，也曾带回过一些西域药物，与汉地产中药混在一起。但无论来自哪里，中药的用药方向，就是看"归经"或"入经"，这就涉及中医的人体观念。即每一种药，都提前被设定到五脏六腑或十二经络，或奇经八脉的结构之中。经络的经，同时也是六经或十三经的经。《说文解字》"经"下注云："织之从丝谓之经。必先有经而后有纬。是故三纲五常六艺谓之天地之常经。"为什么用同一个字？因为在中国人看来，从上到下，从古至今，纵向一以贯之，永远不变的那个东西，就是经。其中也包括经纬（地理）、经验（阅历）、经世（政治）、经理（管理），经过（途径）等，即无论自然、文化、社会、言行还是人体，观念的模型应该是统一的。

药，对于人体经络可以是外来的（医学），也可以是本来的（免疫力）。

所以"说药"作为一种文学形式，内容也很分散：可以讲单纯的医案故事，也可以讲鬼神、传奇、身体、欲望或医患的心理学。故"说药"自宋代至明清笔记，广泛存在于以医案为线索的志怪传奇之作。如清人许奉恩在笔记小说集《里乘》中，有一篇《祝由科》云："黄帝有二臣，曰岐伯氏，曰祝由氏，皆善医。岐伯氏治疾，按脉能知人七十二经，投以药，无不效。祝由氏治疾不用药，唯以清水一碗，以手捏剑诀，敕勒书符水面，以饮病者，亦无不效。祝由氏为湖南辰州府人，故今辰州人多擅此术，名曰'祝由科'。"不过，这显然只是在为《黄帝内经》以后被淘汰的巫医勉强寻找另一个源头而已。但作为志怪，也可拿来消遣。中国人对待巫医，自来有信邪与不信邪（感冒古名"风邪"，至今日语仍沿用）两种态度。如东汉那位道士医生于吉，陈寿《三国志·孙策传》注引《江表传》云："时有道士琅邪于吉，先寓居东方，往来吴会，立精舍，烧香读道书，制作符水以治病，吴会人多事之。"但在干宝《搜神记》与罗贯中的演义里，他被不信邪的孙策所杀，然后又用咒语杀了孙策。

人到底为何会生病？这不仅是医学问题，也是哲学命题。作为治病之物，药的来源，也不仅属于自然科学，可能有些也会属于人文科学，包括宗教与文学。因病的来源不仅是物质的，更多的还有对未知、灾难与死亡的恐惧。如清人李庆辰在《醉茶志怪》卷二也写有一篇《疫鬼》，云：

邑城隍祠，每四月赛会。邑人戴假面具，彩衣持叉，装作魑魅魍魉，即乡傩之遗意也。壬戌岁，大疫流行，五六月犹甚。有宋姓者，夜起街前遗秽。见灯火自西来，有厉鬼数十，状皆奇丑，持叉而过。宋疑为会也，视其去远而返。归述诸友，友惊曰："此非赛会之时，乌得有是！"宋亦愕然。陡觉身起寒战，吐泻大作，及晓而亡。

在古代，瘟疫或流行病的忽然出现，常被看作一种命数（即便在今天，很多人也未尝不是如此看）。只是"说药"的传统，往往会被"说鬼"的传统所掩盖。如旧读袁枚《新齐谐》（又名《子不语》），便有《医肺痈用白术》一则，全文曰：

蒋秀君精医理，宿粤东古庙中。庙多停枢，蒋胆壮，即在枢前看书。夜，灯忽绿，枢之前和，橐然落地，一红袍者出立蒋前，曰："君是名医，敢问肺痈可治乎，不可治乎？"曰："可治。""治用何药？"曰："白术。"红袍人大哭曰："然则我当初误死也。"伸手胸前，探出一肺，如斗大，脓血淋漓。蒋大惊，持手扇击之。家僮齐来，鬼不见，而枢前亦如故。

白术并不治疗肺痈，只能治脾虚、腹泻或水肿，或许是白芨。（因《本草纲目》云白芨"主治痈肿恶疮败疽，止惊邪血邪血痢。止肺血。"）袁枚书写白术，或是抄本误字，鲁鱼亥豕，也未可知。

在《新齐谐》中还有一些医案志怪，如《疡医》一篇，记述疡医（专门治疗疔疮、溃疡或痈疽的医生）霍筠，偶遇家住树林中一幽魂

7

人家，并为家中一位化身为丽人的少女幽灵名宜春者看病。因宜春的疮疾长在私处，遂其令丽人"斜卧向内，举袖障面，笃坐床侧，款款启衾，则双臀玉映，谷道茧细而霞深，惟私处蔽以红罗，疮大如钱"，然后霍笃将扇子上所系的紫金锭碾碎，再调和砚水，并亲自温存地将药敷在宜春幽美而羞涩的臀部上，而"女但微笑，不作一语"。后来两人成了夫妻，还生子女二人。直到宜春有一天忽然准备了一辆牛犊小车，车上满载着其母亲、丫鬟蕊儿与婢女等十几个人，也不觉得小，然后便从此消失了，只留下一片哭泣声。

"紫金锭"本是一种合成药，又名玉枢丹，其中包括紫藤花、紫藤皮、红大戟、酒、朱砂等。紫藤在西晋嵇含的植物学著作《南方草木状》中就有记载，《本草纲目》里也有，据说能治疗各种疮疾、肿毒、跌打损伤与头疼。清代还有太乙紫金锭、八宝紫金锭等药，有些现在还在用。至于婚姻与房事是否也对少女的疮疾有用，袁枚没有明说。

传统中医诊治时，是不太看人体数据的（现在医院的中医科还要参考体检数据，过去是不可能的）。望、闻、问、切是四种"视窗"，中医通过脉象、症状与对生活细节的询问，基本可以判断整个人体状况。这种判断很模糊，但的确又是真实的。

人对身体的认识是多样化的。自然与社会环境在变，但人体结构没有变过，至少这一万多年来是如此。传统医学都十分重视这一点，无论欧洲医学、埃及医学、阿拉伯医学、波斯医学，还是中国的苗医、蒙医或藏医等都是如此。人体的外表是有限的，但其变化却具有无限性。人对自己身体的认识最初都是直接从观察而来，然后靠历代经验慢慢积累。按照亚·沃尔夫在《十六、十七世纪科学、技术和哲学史》中的观点："近代之初，科学还没有与哲学分离，科学也没有分化成众多的门类。知识仍然被视为一个整体。"欧洲中世纪的宗教、哲学、科学、数学、艺术、天文、物理与医学等学科，实际上和中医不分科一样，也是不分家的。一个好的中医常是全科医生，他必须了解患者身体乃至其生活的全部情况，而且中医的知识结构也必然是与中国的文史哲与古代各类百科知识相关联的。尽管在 20 世纪 50 年代流行的《中医学概论》（南京中医学院编著）这样的书中，中医已经分科，但理论上仍是整体论。西医也类似。最起码在欧洲，纯粹哲学的思想启蒙要在 18 世纪以后才完成，从中世纪到文艺复兴都是混一的，故大家能看到画家达·芬奇同时精通机械学、几何学、物理学与解剖学等。他绘制的人体解剖图，是当时最著名的。欧洲医学非常重视人体解剖学，只是这种解剖学是建立在尸体的基础之上的——尽管某些皇帝也曾做过残忍的活体解剖——也就是说，在进行医学观察时，生命已经不存在了。身体的一部分残留组织能观察到，但对另外一部分，即活体的运行情况，则可能是在隔空打牛。如美国学者丹尼尔·J. 布尔斯廷（Daniel J. Boorstin）在《发现者：人类探索世界和自我的历史》一书中，专门有一章谈"人体内部"，并明言："医学世界是一个有多种隔阂的世界——书和人体隔离，知识和经验隔离，有学问的医生和最需要救治的人之间的隔离。"早在古罗马时期，奥勒留皇帝的著名御医盖伦（Claudius Galenus）的《论人体各部分的用处》《气质》《本能》，以及他影响深远的"元气论"与"生命精神与动物精神论"（有些理论很接近中医）就已经意识到生命过程来自某种元气进入体内后的转换问题，但他无法验证。他虽然著有十六部"盖伦医典"，撰写了五百多部医书，却是一个亚里士多德或托勒密式的"缺陷型百科全书医学家"，因为很多解剖学结论，是在之后才证明的。当然，盖伦的影响也触及西方的"说药"文学，如英国的乔叟在《坎特伯雷故事集》里写的那些医学博士，就都知道他。

15世纪以后，解剖学急速发展，如安德烈·维萨里（Andreas Vesalius）的《解剖图谱六种》、威廉·哈维（William Harvey）的《关于动物心脏与血液运动的解剖研究》、圣托里奥（Santorio Santorio）《论静态医学》以及比较解剖学的创始人马尔皮基（Marcello Malpighi）的《关于肺的解剖观察》等著作，本质上都是对盖伦解剖学的不断修正。西医先驱们通过揣测动物身体（如猴、猪、鸡、狗、鱼、蚕与青蛙等），不断与人体比较，加上温度计与显微镜的发明，从微观里把人体结构的分析往前推进。尽管盖伦当年是用猴子作解剖学替代品，因"猴子最接近人类"（他们一度也认为猪的内脏结构是与人类最接近的），他对此也从不隐瞒，但这样的研究势必有很多错误。如在骨骼方面，其精确性甚至还不如13世纪阿拉伯医生在大瘟疫后对骨骼的研究。血液、血管与心脏的运作关系，也通过对静动脉与神经的观察开始被发现。从中世纪到近代，医学研究需要大量尸体来做解剖。尸体或来自战争，来自盗墓（就像狄更斯《双城记》里的情节），或来自谋杀，以便换钱。尽管基督教内反对解剖学，但经不起现实的需要。如14世纪黑死病爆发后，教皇死了，也会将其遗体拿去做医学解剖，以便尽快找到病因。相对而言，维萨里的解剖学研究及其《人体的构造》也是在这个基础上接近了现代医学，他是个天才，28岁就写完该书，并与哥白尼《天体运行论》同年问世，时间是1543年。但可惜的是，马德里异端宗教裁判却以维萨里为异端，判处其死刑，后改为"朝谒圣地赎罪"，他在归途中去世。

而在中国，当时还没有人关心解剖学。虽然汉以前中国也关注解剖学，但此解剖非彼解剖——中医认为活人身体最重要的是脏腑、津液、穴位、营卫二气之间运行的关系，而不是具体位置、体积或可以量化的功能数据。不关心，不等于没有，早在这之前，元代法医王与的《无冤录》中就详细记录了很多解剖方式，当然其中也有许多荒诞不经之处（详见拙著《孤绝花》中《中世纪非正常死亡全书》一篇）。中医的"人体解剖学"最关键就是对经络与穴位的认识，这也是整个中医治疗、针灸与辨证的基础。西医解剖了数百年，从来没有发现这个东西，并认为是荒谬的——因为打开的尸体上看不到。这是两种完全不同的解剖学：一个是具体对象化的，一个是概念关系化的。在医学基础理论术语上叫"白箱与黑箱"，即一种是必须打开看才能了解的人体与疾病（白箱研究、组织、细菌、细胞、仪器检查或术野），一种是认为人体不能随便打开的，故而通过封闭来掌握全局的（黑箱研究、整体论）。如何才能将两者都进步到既不打开人体，又能窥探全局的透明医学（水晶箱研究），是世界未来医学的共同课题。

欧洲早期医学里有一种具有"说药"气质的理论。据布尔斯廷说，在中世纪，欧洲医生大多认为人体有四种体液：血液、黏液、胆汁与忧郁液（墨胆汁）。这四种体液在体内平衡，就能使人健康，其中之一过多或不足就会导致疾病。不仅如此，而且"每个人的气质都是体内四种主要液体的独特的平衡，因此有些人乐观，有些人冷静、暴躁或忧郁"等。英哲弗朗西斯·培根甚至说："学者中有各种体温的人。"因为当时的欧洲人相信，人的性格差异是体温不同造成的。"体温"就是"气质（性格）"。达到某个温度，对于一个人来说可能在发烧，而对另一个人来说却是正常的。这种概念好像与中医的"内伤七情"（喜怒忧思悲恐惊）也有某种对应。液体理论曾导致本·琼森（Ben Jonson）写下《人人高兴》这部围绕一个嫉妒的丈夫的"液体"的喜剧，据说莎士比亚亲自演出过此剧。罗伯特·伯顿（Robert Burton）所著《忧郁的解剖》更是"一部外行所写的伟大医学论文"，他强调生病是"人体违反自然而受到的影响"，处理液体，如放血、泄泻、发汗、诱发呕吐等就能保持平衡。（这种"说药"理论和中医的"补泻"不是也很类似吗？）其实就连《罗密欧与朱丽叶》中用药水自杀又复活这一情节，也是西方的"说药"故事，而《浮士德》里对梅菲斯特与女巫的灵药、浮士德博士在"中世纪实验室"中的人造人等的描述，更可以看作是在"说药"。

医学与科学，都只能解决阶段性的问题。这也是宗教与"说药"文学始终不退场的原因。人类需要对自己的身体有想象空间，不甘于血肉之躯的局限。因为所有现代的解释，如生物学、技术化移植器官、纳米机器人、放化疗、基因工程、智能、巨额财富支持下的实验室医学，包括如尤瓦尔·赫拉利（Yuval Noah Harari）在《未来简史》里所设计的150—500岁的寿命等，都不能对生命这一奇特的现象自圆其说，不能有效诠释由生到死的逐渐衰亡与变化之谜。即便人能活一千岁，最终还是会面对消失的那一天。姑且不论长生不老是否与中国古代丹道理想类似，也不谈是否存在伦理学上的问题，在普及化上又属于哪个阶层，仅就赫拉利认为"2050年人类就可以实现全面医疗以及长生不老"这一宣言，我就充满了疑虑。现在仅仅还剩三十年，可全球却连一场"春瘟"都不能克服，那么多无辜的人倒下，乃至家破人亡。这理想可能吗？我只能把他的书当作一种新的全球化下的"说药"故事来读。

2020年2月28日

飞头之国

幻想力缺席时代与小泉八云之《怪谈》

清人蒲松龄《聊斋》自序中言："人非化外，事或奇于断发之乡；睫在目前，怪有过于飞头之国。"唐人段成式《酉阳杂俎·境异》有云："岭南溪洞中，往往有飞头者，故有飞头獠子之号。"再如元代航海家汪大渊《岛夷志略》所载之"尸头蛮"更绝，云其"与女子不异，特眼中无瞳人。遇夜则飞头食人粪尖。头飞去，若人以纸或布掩其项，则头归不接而死。凡人居其地，大便后必用水净浣，否则蛮食其粪，即逐臭与人同睡。倘有所犯，则肠肚皆为所食，精神尽为所夺而死矣"。另外尚有《新唐书》记载之"飞头獠者"亦如是。另如东瀛人依田百川在《谭海》中所载浅草寺之"轳辘头"，与吾国之《搜神记》《酉阳杂俎》《岛夷志略》或《赤雅》等书中之"飞头蛮"、"飞头獠"或"落头民"皆有所不同，为一女机械人偶，因"其躯矮短不与头类，盖其躯系木制，有人从幔中伸缩其头耳"。

不过，史上诸如此类有关"飞头"之论，其实皆出自晋代干宝《搜神记》中所言之"落头民"。因干宝最先有曰：

秦时，南方有"落头民"，其头能飞。其种人部有祭祀，号曰"虫落"，故因取名焉。吴时，将军朱桓，得一婢，每夜卧后，头辄飞去。或从狗窦，或从天窗中出入，以耳为翼，将晓，复还。数数如此，傍人怪之，夜中照视，唯有身无头，其体微冷，气息裁属。乃蒙之以被。至晓，头还，碍被不得安，两三度，堕地。嘘咤甚愁，体气甚急，状若将死。乃去被，头复起，傅颈。有顷，和平。桓以为大怪，畏不敢畜，乃放遣之。既而详之，乃知天性也。时南征大将，亦往往得之。又尝有覆以铜盘者，头不得进，遂死。

此妖怪传说传到日本后，便为"辘轳首"，也就是"飞头蛮"。最著名的即爱尔兰裔日籍作家小泉八云在其《怪谈》（1904）一书中所详细描写的故事。小泉八云也说明了这个妖怪原型是来自中国《搜神记》。最有趣的是，小泉八云笔下的日本古代飞头蛮，被僧人回龙（曾为武士）藏起身体时，死死地咬住了回龙的僧袍，此后便一直挂在上面，怎么也摘不下来。回龙后来无论走到大街、法庭还是野外，都任凭那颗飞头挂在其腰间，成了他随身携带的一个可怖的象征。

作为东方近代怪谈文学鼻祖之一，小泉八云（1850—1904）本是洋人，原名拉夫卡迪奥·赫恩（Lafcadio Hearn），1850年生于希腊，长于英法，19岁时到美国打工，干过酒店服务生、邮递员、烟囱清扫工、记者等职业。1890年赴日，此后曾在东京帝国大学和早稻田大学讲授英国文学，然后与小泉节子结婚，入日本国籍，从妻姓小泉，取名八云。据说小泉曾在美国辛辛那提爱上过一个黑人女仆，和她非正式结婚，但因为与黑人结婚在当地是违法的，他受到舆论的猛烈抨击，不得不离开辛辛那提。在美国各大城市漂泊数年后，1881年，他到新奥尔良任美国南部最大报纸《时代民主党人报》（*Times*

Democrat）的文艺栏编辑，发表了许多作品。生活安定下来，他的文名越来越大。1887 年作为纽约《哈泼斯杂志》的特约撰稿人前往法属西印度群岛担任特约通信员，他在热带海岛上生活了两年，用搜集到的材料写成了一本《法属西印度两年记》。在西印度待得不耐烦，便萌生了游历东方的兴趣。当时，维新变法后的日本逐渐引起了欧美的关注。1890 年，《哈泼斯杂志》聘请他到日本担任自由撰稿人。同年，他娶了小泉节子。

小泉八云精通英语、法语、希腊语、西班牙语、拉丁语等多种语言，学识颇渊博。归化日本后，写有《异国生活与回顾》《日本魅影》《日本杂记》等书，详细介绍日本的风俗、宗教和文字。此外，还有如《心》《佛国的落穗》《阴影》，以及讲述古代奇闻、传说与鬼神故事的《骨董》及《怪谈》。他的鬼怪写作，就像一种对黑暗事物的诉求，直接影响了如芥川龙之介等近代日本作家对自身母语与传统的再解构。

《怪谈》所涉妖魔鬼怪甚多，而小泉文笔隽秀，原文本是英语，当此书被转译过来时，就连日本读者也为其细腻流畅的叙述感到吃惊。而且小泉似乎在尽量广泛地搜罗日本传说中比较容易被西方读者接受的鬼怪。他写到了琵琶师无耳芳一、专门食人尸首的鬼、鸳鸯、雪女、骨女、向日葵、幽灵瀑布、茶碗中的脸、死灵、痴女、巨蝇、食梦貘、果心居士、骑在尸体上的男子、弘法大师、艺妓、屏风里的少女、蜘蛛精、蟾蜍精、天狗以及很多古代武士的故事。其中也不乏脱胎于中国的传奇，如《食梦貘》本来自《山海经》中对上古怪兽"猛豹"的记载，《人鱼报恩记》来自晋人张华《博物志》之"鲛人泣珠"，而《守约》一则中为不爽"菊花之约"，宁愿切腹后以阴魂返回故乡的武士赤穴之事，则来自明人冯梦龙《喻世明言》中的"范巨卿鸡黍死生交"等。

小泉八云的编辑方式，显然受到了六朝志怪的影响，但他的写作又是白话的，是一种对中日两国古代传奇的再演绎。而王新禧译本之《怪谈》，集中了《怪谈》和《骨董》两本书的内容，再加上小泉八云其他著作中所有与志怪故事有关的小说，一共有五十余篇。译文还参阅了几乎所有的英译本原文，力求做到三语皆精准。这些对于想完全了解小泉八云小说写作的人来说，无疑是很方便的。

再者，通读这部短篇小说集全书，最大的直观感受是佛教对小泉八云的影响。因书中有关生死轮回、因果、放生、菩萨与异化的传说，占了相当大一部分。牵涉到和尚的故事尤其多。

当然，其中最迷人的篇章，我个人认为还是更具怪诞与抽象意义的鬼故事。如其中比较短的一篇《貉》，我暂且缩写之如下：

东京赤坂町有个叫纪国坂的坡道……一到夜晚，这附近就没一个行人，显得一片死寂荒凉，夜归的行人一定会避开纪国坂，绕道而行。

传说这附近常常会出现貉，人如果不小心遇到这貉，至少要生场大病。……有一天傍晚，一个商人快步前行，想趁天黑前登上纪国坂时，看见又深又宽的壕沟旁边站着一个女人，正在抽泣。那女人好像要投水自尽的样子。她的身材娇美，梳着整整齐齐的发髻，看她的衣着和气质，像是出身富裕家庭。

"喂！姑娘！"商人这样称呼她，"为什么在这里哭呢？可否说出来。你有什么困难？若是能帮上忙，我一定答应你。"

商人是个善良又热心的人。但是女子没有回答，还是不断地哭泣。经过很长的一段时间，她连头也不转一下，只是自顾自地哭。她不出一声地站着，然后背对着商人，长袖掩着脸继续哭泣。商人把手放在女子的肩头，恳切地说：

"姑娘！姑娘！请你说话！……喂！姑娘……姑娘！"

就在商人如此说的时候，女子慢慢转过头来，用手朝自己脸上一抹。商人顺着这由上往下的一抹看过去，女子的脸上居然没有眼睛、鼻子及嘴巴，商人大吃一惊，拔腿便逃。在纪国坂上，他连滚带爬地逃命，眼前一片黑暗，连回头再看一眼的勇气都没有，几乎连灵魂都出了窍。幸好过了不久，前面出现了一点灯光，那是在路旁卖夜宵的摊子。真是碰到了救星。商人跑到那个老板面前，上气不接下气地"呀！——呀！——"叫个不停。

"怎么回事？是不是有武士在试刀斩人？"老板慢条斯理地问。

"不，不是！"商人略微喘了一口气，"那里有……呀……呀……"

"什么？到底是怎么了！"老板也急急忙忙地问，"有强盗吗？"

"喔！不是强盗……不是抢东西！"

商人还是结结巴巴地说："那个……那个女人，站在沟旁的那个女人……那个女人就这么一抹……然后什么都没有了！"

"哦，原来是这样！你看到的那个女人，是不是这样？"

那老板一说完话，便也朝自己脸上一抹。紧接着，老板的脸便像鸡蛋一样光滑，什么都没有……

商人当场昏厥，瘫倒在地。同时，灯灭了。

没有面目的鬼，比具象的鬼更有神秘感，也更令人毛骨悚然。因为"无脸"的存在，会把一切我们习以为常的东西，全都变成荒谬的

17

墙或假象。甚至那女子的头发，也会如假发一样在空中飘荡。但其中心，仍然是对女人（神秘之美）的思索。记得里尔克曾说："在古希腊神话中，一条毒龙在被英雄刺杀的瞬间，往往会变成一个被囚禁的少女。这象征着外表可怖的事物，在内心中常常是无助的。"此理东西方皆通。

当然，阅读《怪谈》的前提是你认同古代事物、风景与语境。

因为"古代"这个词，本身是一个大的心理环境。如果这个环境已被我们破坏了，那么文学中一切鬼神也就失去了魅力和恐怖感。正如小泉八云说的："我不很肯定那些妖精是否还住在日本，因为新式铁路和电话把许多妖精都吓跑了。"

再回到我开篇时说的那则故事吧。

史上关于人头的典故很多，如《旧约》中莎乐美拿着圣约翰人头跳舞、古希腊神话中"拿着俄耳甫斯头颅的色雷斯姑娘"，还有美杜莎被砍下来的蛇发人头，或关羽那颗被送到曹操手里时还能睁眼看人的人头等。可若说到能飞的人头，大约也是罕见的。小泉八云（或干宝）的"辘轳首"算是仅有的一个吧。还记得我少年学画时，常画石膏素描，于是很熟悉那座 1506 年在意大利出土，曾差点被米开朗琪罗修补的古罗马雕塑"拉奥孔雕像群"。这个雕塑后来用于一般石膏美术教学，但只截取其头部，用来当作素描对象。雕塑中的拉奥孔因被蟒蛇缠住，面容惊恐，张着嘴，头发卷曲，状若飞舞，后来也被俗称为"飞头"。18 世纪德国美学家莱辛在《拉奥孔：论诗与画的界限》一书中，详细解构过这一神话中的诗学与艺术。20 世纪 80 年代第一次读到该书之朱光潜译本时，我也很为之着迷了一番。

然此"飞头"非彼"飞头"乎？想来甚有巧合的意味。

莱辛问道："为什么拉奥孔在雕刻里不哀号，而在诗里却哀号？"

18

这就是文字的魔力。小泉写到的"辘轳首",对我来说,更像对当代文学"幻想力缺席"的一种隐喻。因为今天我们除了在魔幻现实主义如卡尔维诺、博尔赫斯或一小部分现代诗人的写作中,能偶尔瞥见"幻想力"的闪现,大多数时候,我们文学家们的头就一直留在脖子上,从未敢在夜晚飞出户外,去那广阔无垠、不可思议的天地中看一看。作家们通常太关心社会、现实、政治、历史或思想等这些文学的附属品,而忽略了我们东方人自《山海经》时代与六朝志怪以来便最拿手的关于"怪力乱神"的特殊技艺。有时,太在乎意义的东西,反而会沦为无意义,而看似无意义的东西,最终却会变成象征。如干宝、小泉八云或蒲松龄他们当年所感叹的那个"飞头之国",其实也正是对自由幻想的追寻吧。

2011 年 9 月 25 日

轻野船与琴 关于《倭汉三才图会》中所见之琴

图文并茂的《三才图会》作为明代藏书家王圻、王思义父子所编之大型类书，分有十四门，共一百零六卷。清代以降，此书对东瀛也颇有影响，如日本正德二年（1712），大阪医生寺岛良安便以此为参照编撰了百科全书式的《倭汉三才图会》，他将中国原著中的部分内容，与古代日本传说中的那些关于天、地、人、神、妖怪、植物、动物、历占、刑罚、医学、音乐、饮食、狩猎乃至宗教寺院、技艺百工等各类杂学，尽可能全都融合一起，也达到了一百零五卷之巨。

寺岛良安精通汉学，此书是用汉语写作的（旁注片假名以音读和训读）。而一本泛华夏文化的类书，无论传到哪里，都少不了涉及古琴。

在明治三十九年（1906）吉川弘文馆发行的排印版《倭汉三才图会》（又作《和汉三才图会》）中，"乐器篇"之首，便是"琴"。有趣的是，作者还谈到了一张御制琴的选材：

按《日本（书）纪》云：神功皇后命武内宿祢令抚琴。

应神天皇五年，伊豆国令造船，长十丈，疾行如驰，故其船曰"轻野同"。三十一年，其船朽之，不堪用。故取其船材为薪而烧盐，则有余烬，奇其不燃而献之。天皇异，以令作琴，其音铿锵而远聆，呼名"阿末乃大木左之"。

应神天皇（约200—310）是传说中的第十五代天皇，其名也作品陀和气命、誉田别尊等，据说活了111岁。而武内宿祢为当时一位名臣（有人认为是虚构），东瀛史书如《古事记》等对其多有记载。应神天皇之前，日本还是弥生时代。公元285年前后，有百济（今朝鲜半岛西南部）人王仁携带中国古籍《论语》等到了日本，汉字才始传入。神功皇后为应神之母，而武内宿祢则因与应神天皇与神功皇后的关系，在日本算是"大臣之祖"。而且他相当长寿，具体生卒年不详，传说他活到了280岁、295岁、312岁乃至360岁不等。他后来也被尊为神，放在各地神社祭祀。近代以后，日本还曾数次将其画像印在日元纸币上。但他是否真会弹琴，已无法确知。

用拆下来的船材如甲板等斫琴，也不算什么稀罕事。其意类似中国古人用旧房梁、棺椁、门板、书案等斫琴，或如蔡邕于柴薪中得"焦尾"等。况且，只要是杉桐楠梓，无论之前是什么器物，便有可能为琴材。即便是碎片也有可能被"百衲"。史上也多有各类琴材实验，如明成祖朱棣赐撰之《永乐琴书集成》卷四"琴制"中云：

古琴难得适于精金美玉，得古材，命良工，旋制之斯可矣。自昔论择材者，曰：纸甑、水槽、木鱼、鼓腔、败棺、古梁柱槫桷。然梁柱恐为重物压损纹理，败棺少用桐木，纸甑水槽患其薄而受湿气太多，惟木鱼鼓腔，晨夕近钟鼓，为金声所入，最为良材，然亦有敲损之患。

在该书卷五"琴式"中，还列举了诸如土琴、锹琴（铁锹）、盾琴、匏琴（葫芦）、楉琴（杶木）、荔支琴（荔枝木）、沉檀琴（合沉香檀香二木）等各种奇怪的选材，虽多为不懂斫琴之皇帝或文人异想天开，但也算拓宽了想象力之版图。斫琴之木，最初是用水泡烟熏，日本古代造船也可能用杉木，海中浸泡后再以火烧，用来作为琴材，也许真有好音色。但也不是说泡多久都可以。一般数月或一两年，便算正常。真的在海里泡了二十多年的木头，会不会如"纸甑水槽"一般湿气太重，以至于都烂了糟了（奇其不燃）？又怎可出铿锵之音？这只能算一段公案了吧。

另外，寺岛良安还提到了五张东瀛琴。

《拾芥抄》所载："天下宝物，琴有数品：闲柄松风、山水样、渔鱼仙洞代、闲楼一诺、龙吟幽弦。"此外有之则古者专用琴，而无瑟之名物等。如今止用筝，而琴瑟共绝不用。[1]

---

[1] 《拾芥抄》的这段文字，也佐证了古琴在明末东皋心越东渡之前并未在日本流行。他们主流是筝（倭琴、和琴、日本琴等都算筝，因有码子），大多数人曾经"琴筝不分"。无论是高罗佩《中国古琴在日本》一文，还是岸边成雄《江户时代琴士物语》一书，都没有找到汉魏晋以前古琴曾在日本兴盛的证据。高罗佩找到的最早资料是《文德实录》之记载，即853年一个名叫关雄的朝臣擅长鼓琴："关雄尤好鼓琴，天皇赐其秘谱。"（那时中国已经是唐宣宗年间。大概《碣石调·幽兰》手抄卷子就是那时传到日本，或即为其"秘谱"，也未可知。）而且高罗佩认为即便是著名的《源氏物语》中的"琴"，其实基本都是指的"筝"（见高氏《琴道》汉译本，第215页，中西书局，2013年）。

22

观琴铭之风，便可知是扶桑之琴。琴音色如何，不得而知。增补《拾芥抄》，本为镰仓末期公卿洞院公贤的笔记，至今尚未见过注本。

不过，我倒是很佩服寺岛良安的博学和古汉语水平。虽然有些地方他也有混淆助词，或者个别字句重复的问题。而且，因他的摘录与记载，我竟还有些喜欢起那艘叫作"轻野同"的船来。不知当年拆开烧掉后，用剩材所斫之"阿末乃大木左之"可曾在世间琴家手中流传过？日本民风素来珍惜资源，生活节俭。而这对废船的利用，又有点令人想起悖论史上的"忒修斯之船"（The Ship of Theseus）来了，包括最近那两位美国人 J.J. 艾布拉姆斯与道格·道斯特所写的那部形式主义手抄批注体小说《S.》。只是古船上所有那些零件在更换后并未留在船上，而是留在了历史、词语、火焰与琴学上。

最后说点题外话：大概因传播问题，日人对汉学古籍的误会也不少。如为明治版《倭汉三才图会》作略序之"朝散大夫大学头"藤原信笃在序中言："顾秉谦所撰《三才图会》行于世，便于用，尚矣。顾其为书，上自天文，下至地理，中及人物，旁逮器用、时令、宫室、身体、衣服、人事、文史、珍宝、礼制，细而夭乔，蠢而羽毛鳞介、经史子集及稗官小史所载，靡不旁搜逖览，字栉句比……"可见藤原不仅真以为顾秉谦便是《三才图会》作者，而且可能根本就没有看过原书。因顾秉谦自己在序里也说了《三才图会》出自王氏父子。实际上，作为明朝天启末期的一代内阁首辅、翰林院编修、东阁大学士、太子太师的顾秉谦，当时只是为王氏父子的书作过序而已。

2016 年 6 月 4 日

瞎驴神髓 谈一休色情诗、白骨禅与盲女森

近日颇得闲暇，读《一休和尚诗集》，略有所思。

睿智、早慧、激烈、疯癫——一休这个名字，我们从小就不陌生，电视上、图画上、童谣里与传说中都有。

但真正懂得这个伟大的灵魂，却是在成年之后。

历史上，一休的父亲是日本南北朝时期的后小松天皇。和佛陀一样，一休也本是皇太子，生活在动乱的室町时代。由于一休的母亲出身于被击败的南朝权臣藤原氏一族，当时的将军足利义满逼迫后小松天皇将其逐出宫廷，又令一休从小就在京都安国寺出家，以免有后代。

与佛陀不同的是，一休终生从未享受过皇太子的待遇。

一休的全名为一休宗纯，幼名千菊丸，长称周建，号狂云子、瞎驴、梦闺等。1410 年，他 17 岁时，师从西金寺的谦翁。四年后，谦翁过世，少年一休竟然因难过而企图投湖自杀，但未遂。可见他自幼就是一个在感情上很有依赖性的人。谦翁去世后，一休心情极度悲伤。传说他于一个苦闷的夏夜，在船上听到乌鸦叫，于是悟道，而乌

鸦是死亡的象征。

1428 年，一休才 34 岁，就弃绝了寺院生活，开始了长达数十年徒步云游的流浪生涯。而到了大约 1471 年，已 78 岁的一休，遇到了盲女艺人森，写了许多的情诗，并与之相爱至死。这种修行一生，却在晚年意外进入色空体验的行为，几乎马上能让人想起歌德在晚年与少女恋爱的文学公案。

但是一休不是西方诗人或神学家。

他的狂狷，是东方式甚至中国式的狂狷。

可以说，这个被内心的闪电和智慧的暴风驱逐的蓬莱高僧，这个禅宗史里李尔王式的人物，就像日本古文化中"雅典的泰门"，一直就是一个离经叛道的狂徒，一如他著名的号"狂云子"。他虽然曾出家持戒，但后来却认为禅宗的禁欲、教条都虚伪卑鄙，毫无意义。他要反抗教义，批判伦理。于是他喝酒吃肉，出入风月场所，作了不少狂野的风月诗。在古人里头，尤其在日本的狂禅古僧中能与一休媲美的，只有因茶道而切腹自尽的千利休、为了明治维新而跳海就义的月照，以及一生行乞、住草庵的高僧书法家良宽。

少年一休精通汉诗，13 岁时作《长门春草》，15 岁作《春衣宿花》，而且他的书法、泼墨也不让中国明人，有诡异的大写意气质。其书除《狂云集》外，还有《骸骨》和《佛鬼军》等，文风以狂放不羁闻名于世。他视诸多清规戒律于无物，一生醉酒狂歌，狎妓作乐，自号狂云子，此名来自其诗"风狂狂客起狂风，往来淫坊酒肆中"之句。为了反抗世俗对佛教的误读，一休时常出入秦楼楚馆，和妓女们谈佛论道。僧侣界一片大哗，纷纷指责他的放浪行为。而一休反诘道："名妓谈情，高僧说禅，实有异曲同工之妙也！"

他在其有名的《题淫坊》中写道：

美人云雨爱河深，

楼子老禅楼上吟；

我有抱持睫吻兴，

意无火聚舍身心。

　　淫坊就是妓院。一休的思想直逼色空，其肉身燃烧了宗教中一切伪善的东西，他用佛门常用的"火舍"典故反比，顿悟到"心王"的境界。其实在早期的《狂云集》中，他就写有如《淫坊颂以辱得法知识》《俗人淫坊门前吟诗归》等诗，其狂禅意象与世俗娼妓之罪混一，犹如15世纪禅学的"恶之花"，在其思想深处绚丽绽放。《示淫色人》三首诗中，有几句也很惊人："世界三家村里客，重华不识二妃吟。"再如《梦闺夜话》中的："夜夜鸳鸯禅榻被，风流私语一身闲。"

　　在一休的神学意识中，那些香枕耳边浓情的私语，与禅宗的机锋教义是一而二，二而一的东西。色空本来无分别，因有分别才会有色空。于是，高僧与流氓混一境界，头陀与嫖客不二法门。男根女窟即是头等方便，大腿山水自然融为一体。那些写色之诗，用他自己的话说，只是"所谓风狂诗风者，意在讽世氛，醒俗人，非冬郎、次回之伦，不可作寻常香奁脂粉诗观也"。他在《邪淫僧因果》一诗中，已经彻底打破了轮回学说的虚伪性：

因果果因何日穷，

轮回三界狱囚中。

夜来八亿四千思，

云雨巫山枕上风。

他要用对色情与肉欲的思考，来反抗宗教神权中那些反人性的东西，从而最终达到最深邃的宗教境界：远离颠倒梦想，究竟涅槃。我以为，在中国古代癫僧狂禅的汉诗传统中，一休的水平是可以和寒山、拾得、皎然、王梵志等人相提并论的。他生活的时间大约在中国明初，他的书法可以说比傅山、徐渭等更早地走向散书，而他的画，也容易让人想起八大山人、石涛、担当、髡残等明代高僧。而其对美色与情的叛逆的诗意哲学，在中国乃至世界之肉体的文学史中，只有柳三变、波德莱尔等人才能与之媲美。

一休78岁时，遇到了盲女森，两人竟然产生了那么真挚的爱情。一休为这个盲女写过许多情诗。让我尤其惊讶的是这些诗的题目，如《美人阴有水仙花香》《看森美人午睡》等。一休作为耄耋头陀、古怪异僧，在晚年时思想已入无人之境，精进勇猛。他似乎要在人性最狂野、色情与本能处，发现"觉有情"的意义。他对于肉体的交融，甚至直接就说出："唤我手作森手。"

与盲女森在一起的生活，成了他反观白骨禅的一面镜子。

而且，与盲女森的关系，也许就是他"瞎驴"一号的由来。

他在这个盲女身上，看到了对世界视而不见的宁静，或所谓对一切苦难"眼不见则心不烦"的奥秘。我想，后来谷崎润一郎写《春琴抄》，描写盲女琴师春琴与其学生佐助的爱情时，或许也曾在一休的事迹上得到过一些启示吧。谷崎润一郎还在书中这样总结盲女琴师之美：

> 佐藤春夫曾经说过这样的话："聋者象蠢人，盲者象贤人。"
> 因为聋者想听清别人说的话，会颦眉挤眼，张口结舌，时而俯首，

时而仰脸，其态蠢然。而盲者危坐，默然低首，一副冥思苦索的神情，俨然是个深思熟虑者。这种讲法能否普遍适用于一般场合，当然不得而知。但我觉得，至少可以这样说：由于佛和菩萨的眼，即所谓"慈眼视众生"的慈眼——乃是半开半闭的，所以人们已经形成一种条件反射，觉得闭着的眼睛要比睁着的眼睛慈悲和可敬，有时还会令人感到可畏。那末，也许是因为春琴姑娘那垂下的眼帘尤其能体现出她是位慈祥的女子吧，竟使人隐隐约约地领受到一种顶礼膜拜旧的观世音菩萨像时的慈悲气氛。（吴树文译本）

　　春琴与森都是音乐家，也都是盲人。所以，谷崎润一郎的描写也大致概括出了晚年一休身边这位盲女森的典雅形象。因为她们身上都有着很典型的日本传统女性（恶女）审美中的畸形美学。类似的女性形象，在后来的川端康成、三岛由纪夫或涩泽龙彦等作家的书中也常见到。

　　民间认为一休很爱女人，说白了就是个花和尚。历史记载，1437年，一休43岁时，参加大德寺为开山大灯国师举办的百年大忌。而一休不避忌讳，带着一个女子去参拜国师之墓。寺僧聚在一起诵经时，一休不但不去诵经，还带那女子夜宿庵房，一边听诵经声，一边同女子调笑。最后，他还撒野地写了一首《大灯忌宿忌以前对美人》以表态：

　　　　开山宿忌听讽经，

　　　　经咒逆耳众僧声。

　　　　云雨风流事终后，

　　　　梦闺私语笑慈明。

28

梦闺，是一休的另一个自号，几乎是直接地表达了他对女性美的崇拜。

晚年他遇到的这个盲歌女森，其实也不年轻，据说当时已经四十来岁。但森一定是一个美人。连美人都瞎，一休自愧不如，只好自称瞎驴了。据说，他们两人在流浪的路途中，过着让人难以想象的爱情生活：他们像一对流浪的世俗夫妻一样，互相照顾、恋爱、吟诗、化斋饭、赶路、同睡同起；他们一起穿越了荒野、森林、大海、坎坷的山路和贫苦的村落……在战争与瘟疫流行的日本岛上，一个满脸皱褶的衰老狂僧，用禅杖领着一个盲女歌手，在黑暗的山林中漫游。而且，这种生活竟然维持了十年之久。

关于一休与盲女森的相识，他自己曾有如下两段记述：

> 文明二年仲冬十四日，游药师堂听盲女之艳歌。
>
> 侍者森，余闻其风采，已生向慕之志。然焉知之，故因循至今。
> 辛卯之春，邂逅墨住，问以素志，则应诺矣。

可见，一休是思考拖延了一个冬天后，再次与森相遇，才诉衷情，与其一拍即合的。一休诗作的标题，毫不避讳他对性的看法，以及对性爱的透视。他干脆在标题中直接就写女阴、写淫坊，省得大家还闷骚着去幻想什么。其洒脱不羁完全就是禅宗的机锋，是单刀赴会、遇佛杀佛的精神。在一休写给森美人的香艳诗中，有两句也说明了这个态度：

> 放眼众生皆轻贱，

爱看森也美风流。

诗题直白流露，毫不遮掩，但内容却完全是唯美的画卷。

或问，一休为什么要这么做？

我认为，之所以如此，是因为一休在诗、书法与艺术中，参悟到任何精神都不能执着。禅或佛教思想再好，禁欲主义再有意义，也不过是人性与智慧的一部分。用部分否定整体，以偏概全，其心必然将落于小乘，其身也如涸辙之鱼，必将被具象与世俗所吞噬。

一休有一首《偶作》，基本揭示了他的认识：

昨日俗人今日僧，

生涯胡乱是吾能。

黄衣之下多名利，

我要儿孙灭大灯。

这已经是向袈裟，向《传灯录》等教义传统直接宣战了。

当然，一休的诗绝不止这一种题材，其狂禅不仅仅只横舟有情之海。在《一休和尚诗集》中，我们看到他作诗的题材十分繁杂，丰富博大，内容涉及范围非常广泛，如狂夫、太极、琵琶、菊、雪、梅花、鱼、尺八、傀儡、灯室、井、地狱、月窗、病、桃花、钟、牛、蛙……所吟咏过的中国古人有神农、屈原、王昭君、林逋、杜甫、苏东坡等等，不一而足。应该说，凡是中国古诗与禅诗里面有的东西，他都试图描写过。

他在1457年写的《骸骨》，是借一具骸骨的梦来说明佛教思想中灵肉的关系："人只不过是副骸骨，外面披上五颜六色的皮，男女相爱，只见色相罢了。一旦停止了呼吸，肉体腐败，颜色尽失，爱欲也就消失了。你再也分辨不出谁生前有钱有势、谁又是贫穷低贱了。记住：你臭皮囊下乃是一副骸骨，正在等着要现出原形。"

《骸骨》与盲女森一样，都是一休对肉身所参的一段白骨禅而已。

但是一休对自己的爱情是绝不避讳的。盲女森临终时，一休还写了《盲女森侍者，情爱甚笃，将绝食殒命，愁苦之余，作偈言之》二首，来表达他"黄泉泪雨滴萧萧"的悲恸心情。我相信，在 78 岁的人眼里，所有的肉体，尤其是美人的肉体，一定都是可以透视的。他们都能直接看见即将来临的死亡——这个把一切存在都缩短成为历史的东西。

"一休"这个词的意思，就是临时、短暂。这就是世界的真相。

不仅色、情、幸福、爱、权力与财富等是临时的表象，死亡、恐怖与灾难也是短暂的表象，没什么可怕的。一休曾对自己以往所学感到迷惑，对佛教"安贫守己"的说法产生了巨大怀疑。为了剖析真理，他拜当时京都大德寺高僧华叟宗昙为师，渴望探索救世的途径。但五年修炼后，他依旧一无所获。华叟宗昙非常喜欢他，想把自己的信物——一把玉如意，作为印可状传授给他，以示传承衣钵之意。但一休见老师此举，不禁大失所望。

因为，禅的精神一直是不执着于任何物、文字甚至话语的，是纯空。而华叟竟然把伟大的信仰物化为一把具象的如意，在一休看来，这是多么庸俗的行为！连老师也如此，他彻底绝望了。

他知道，这世界很难有人能理解他，正如很难有人理解"禅那"。

有一次将军足利义满举行佛会，召集各方高僧讲法，还说，如果谁讲得好，就奖励黄金一百两。佛会那天，上百僧人身着锦绣袈裟，手持镀金禅杖，一派富贵气象。唯有一休，身披破烂僧衣，手持一条柳枝赴会。讲法结束后，他遂将柳枝抛在地上，转身飘然离去，丝毫没把他人看在眼里。足利义满见此情形，也未发怒，只是叹道："宗纯真乃赤子狂僧是也。"

世界宗教史上的狂僧公案多有，基督教有鞭身派教徒，东正教有癫僧，中国禅宗里也有如南泉斩猫、赵州狗子、无门关、云门屎、牛过窗、麻三斤等，浩若烟海。堕于爱根而归空门的所谓情僧，也不乏其人，如后来的清顺治帝出家后，法名"行痴"，再如文学天才苏曼殊、弘一法师李叔同等等。一休的狂禅生涯指天骂地，鬼混风月，出入色空之间，不让中阴地狱，并因怪癖和疏狂的性格，被各方将军与佛教界所驱逐，居无定所，大一点的寺院都不敢收他。因此他一生颠沛流离，饱经风霜，也是意料之中的事。最终，他以其雄伟的意志力和狂野的信仰，在晚年完成了一件佛教史上罕见的行动：走向爱情。这在当时真是无比的愤世嫉俗，无比的高贵和智慧。

他知道，一切都是过眼烟云，包括任何宗教与真理。

一休，这个名字就是来自他的一首偈诗：

> 欲从色界返空界，
> 姑且短暂作一休。
> 暴雨倾盘由它下，
> 狂风卷地任它吹。

所有的一切，都是一场临时的宴席罢了。

一休最后的偈语里有这样两句："须弥南畔，谁会我禅？虚堂来也，不值半钱。"而在最后的遗戒里还说："老僧身后门弟子中，或居山林树下，或入酒肆淫坊，说禅论道，而自为人开口之辈者，是佛法盗贼，我门之死敌也。"可见，他在最后又回到了戒律中：色空合一了。他知道，在他之后会有不少人用他的行为来做挡箭牌，行花痴滥情之事，故一刀砍下，概不负责。

　　一休晚年，经历了日本 15 世纪历史上一段多灾多难的时期，应仁之乱、风灾、水灾以及随之而来的大饥荒，一起毁灭着日本。当时瘟疫流行，民间析骸以爨，狗吃狗，人吃人，京都的街头饿殍遍野。据说，后来连日本天皇死后都没钱下葬。1474 年，一休 81 岁时，受后土御门天皇的诏令，任大德寺第四十七代住持，以修缮因应仁之乱而荒废的寺院。他后来创建了真珠庵，为第一代开山祖，晚年则住在京都的酬恩庵。1481 年 12 月 12 日，这头狂傲的瞎驴终于因高烧不退而病逝，享年 88 岁。写到这里，我忽然想起，在东西方文化中，驴都是愚蠢、滑稽与盲目的象征，在古代也是男性生殖器的象征。明末狂禅画僧"八大山人"朱耷也曾有一个号叫"个驴"，或直称自己为驴、驴屋。另外，如柳宗元的黔驴，堂吉诃德的驴或阿凡提的驴，也都是为了衬托主人的荒诞性而存在的。一休自号"瞎驴"，可以说是自渎到了极限，也自卑与自负到了极限。他实在太厌恶这个充满机巧、心眼且人人都自以为聪明的丑陋世界了。如果从文学的核心来管窥这个伟大的异人，我觉得，他的本质其实就是一个有着神秘主义精神的诗人，而非僧人。禅只是他的骸骨，美才是他的神髓。

完稿于 2008 年 12 月 31 日夜

这一年终的最后几分钟

重复 在葛饰北斋山下读诗

1997 年秋天，我刚到日本东京的神保町旧书店，就直奔画册区，寻找葛饰北斋的画册。当时便买到了向往已久的《富岳三十六景》。关于这个充满激情和奥秘的伟大画家，第一次听到他的名字，却是从奥地利诗人里尔克的诗中。在 20 世纪 80 年代的一本诗集上，收入了他的《山》一诗。不过那个译本不好，我对比了一些翻译，略改如下：

 三十六次，或一百次了
 画师将那座山画了，
 又涂掉，然后再画
 （三十六次，或一百次）

 对那座不可思议的火山，
 他幸福地试探着，从无厌倦——
 那一刻，轮廓分明的装饰

34

对山的美，毫无遮拦：

一千次了，山，在每个白昼里浮起，

黑夜也千姿百态，各不相同

有时从体内坠落，近在眉睫；

而每一幅画又都在消逝，

从造型到造型……

冷漠、苍茫、没有批判——

只为灵光乍现时，它如幻影，

高耸在每一道天裂之间。

　　《富岳三十六景》是以富士山为背景，画出原野与山水在不同角度、不同气候与色彩之下的风景。这一现象在日本传统中，称为"富士见"。在日本有很多地方都叫富士见。我也曾去过一个，在镰仓。那天我登上一座小山，看远处的群山都很高，密密麻麻的。你根本看不见富士山在哪里。忽然，在一片云中，你看见一个巨大的三角形，像一艘恐怖的巨型太空飞碟，像大海上的一片浮岛，或像一个独坐宇宙的白发老头。它凌空笼罩天下。是金字塔一样的富士山。

　　就在这座山下，我再次想起了里尔克的诗，并理解了北斋画中的奥义。

　　孔子登东山而小鲁，登泰山而小天下。每个民族都有自己特殊的山。如中国的五岳、珠穆朗玛峰，欧洲的阿尔卑斯山、奥林匹斯山、比利牛斯山或非洲的乞力马扎罗山……连耶和华在最初都不过是犹太教的一个山神。日本的符号自然就是富士山。在北斋笔下，这个纯粹的三角形活火山，因常年积雪、干枯，没有一棵树。它那古怪而充满象征意味的几何形状，显得异常尖锐雄浑。他笔下的这个三角形，有时是一个"人"字，有时是一个血块，有时是海边的一顶帽子，有时又是一只高耸入云的乳房，变幻无穷。

葛饰北斋（1760－1849）是日本江户时代最伟大的浮世绘画家之一。19 世纪日本浮世绘绚丽的色彩和构图，催生了欧洲印象派。北斋的画，也对后来的世界画坛影响深远，如德加、马奈、梵高、高更等人，大都临摹过他的作品。对我来说，葛饰北斋最吸引我的，是其他方面，如他的春宫浮世绘以及他的号。最初他号"戴斗"，后来改为"一"，再后来还改画号为"画狂老人卍"等。他的春画集《喜能会之故真通》，对胭脂、手、凤目、发髻、乳房、性器官和古代服饰的细腻描绘，都惊人地典雅，技法精湛，几乎与任何明代工笔画的境界等量齐观。在东方的春画画家中，唯有另一个日本画家喜多川歌麿和中国的唐寅，能与之并驾齐驱。

山，当然也可以是男性性器的图腾象征。

一个好的艺术家，不论是对山水、塔、佛、房屋，还是对人体、性或心，都能够准确地找出它们共同的形态。

我在想，北斋不仅是个恋山的狂人，也一定是个阅人无数的狂夫。他活了 90 岁，一定见识过太多男人和女人的身体。尤其是他最后的那幅《富士越龙》，一条黑龙从乳房一样洁白的富士山后升起，那简直就是大自然、人性与神性在日本绘画上的终极表达。如果没有深刻的经历，他就不会有那么霸道的手法，那么干净、刺激而又冷静的对"山"的最后一次高度提炼。

上文里尔克的那首诗，还提出了一个对所有作家、诗人或艺术家都很重要的课题：重复。人做事，首先要忍耐重复，接受重复，然后提炼重复。做生意靠重复，搞政治靠重复，宗教祈祷是重复，连谈恋爱和维系家庭也要靠对责任与性交的重复。正如里尔克所谓"饱经恐怖便不复恐怖"。艺术就更是重复了。因为历史上一切好的画、书或音乐等，初看时，你都会以为是一时灵感之作，而其实这些灵感都来自平时不断的重复、琢磨，以及对阅历的思索和不计其数的练习。故此，我不太相信某些靠"低产"和偶尔的取巧之作就能达到艺术化境的艺术家，除非他是旷世天才。里尔克一生写了大约 2500 首诗，其中一半还是早年的"废品"。他生前决定出版的诗只占总数的三分之一，而我们能记住的就更少了。富士山之所以高大无比，与其底下密密麻麻的群山之烘托是分不开的。这也就是俗话所云"金字塔之底座越大，塔尖便越高"之理吧。

里尔克用葛饰北斋对山的毫无厌倦的重复表现，表达出了诗人自己对咏物的态度。这种例子还有很多，如早期印象派时期，莫奈也曾画过三十六幅《草垛》（我怀疑他这也是受北斋启发而来）。再如北宋理学五子之一邵雍，一生也写过三千多首诗，最后留下来的只有一千来首。他的很多诗，开头起句都是重复的。记得十几年前，在美国影片《鸡尾酒》中有个情节：一个老画家正在反复观察一条拿在手里的死鱼。有人问老画家："你是如何捕捉你的灵感的？"老画家沉默片刻，继续翻动死鱼，然后说："就是当你对熟悉的事物突然感到陌生时。"而克尔凯郭尔在《重复》一书中也点明了要害："我发现根本没有重复。我用尽了种种方法使其重复，结果却得到了证实。"

顿渐本一体，这其实也就是禅那、技击和一切写作与神学的奥秘。只有那些永不厌倦重复的人，才真正有机会与天赋的闪电迎面相遇。

2009 年 12 月 21 日，北京

老魂惊

关于夏目漱石《木屑录》《漱石诗集》之短札

东瀛人之汉诗传统，也算久远。自嵯峨天皇及大友帝（弘文天皇）起，至菅茶山、良宽、一休、赖山阳、正冈子规等名家，不绝如缕。明治以后文人也多习汉诗，盖因《怀风藻》与《和汉朗咏集》等元典，亦算是学人常识。夏目漱石从来以小说胜出，且为日本现代文学开山，故其汉诗相对颇受冷遇。尽管如此，若秋雨细读间，仍有不少可观处。

我本藏有一套夏目漱石小说集的日文精装"初版复刻本"，共十五册，十分珍爱，但因其中并无他的诗集，略感遗憾。后又偶得两册线装复刻本诗集，才算配齐。其一为《漱石诗集》（附漱石印谱，一函二册，竖版排印），其二为《木屑录》（附解说与译文，一函一册，竹纸、手抄本、朱墨套印，带纸盒与纸封套）。两本书都是昭和五十年（1975）日本近代文学馆所印，蓝色布面函套。前者开本小，后者略大一些。比较而言，《漱石诗集》算是他的汉诗全集，附录也收入了排印好的《木屑录》全文，比手抄本容易识别。

夏目漱石的去世时间是 1916 年（与王闿运和梁鼎芬等中国旧体

诗人大约生活在同一时代，不过我估计他肯定没见过《湘绮楼诗文集》等同时代的汉诗），三年后的大正八年（1919），《漱石诗集》与《漱石印谱》便合并在一起，第一次完整地出版了。大约是对他的纪念吧，因第一页上赫然写着"漱石遗稿"。当时，正值中国新文化运动与五四时期，汉语新诗正初露端倪。旧体诗作为一种"封建社会遗老遗少"的腐朽之学，正备受挑战。虽然那时坊间还有苏曼殊、林琴南、严复与八指头陀（释敬安）等人的旧体诗余味，民间旧体诗诗人数量也远多于新诗诗人，但胡适已写下了《两只蝴蝶》《除夕》等新诗；鲁迅尽管多年后还会写"到底不如租界好，打牌声里又新春"（《二十二年元旦》，1933 年）那样的打油旧诗，但在当时，他已写出了著名的"知了不要叫了，他在房中睡着"（《他》）。五四狂飙，让汉语绵延千年的经络断为两截。作为旧体诗"末法时期"的"同光体"诗人群，晚清老一代都已去世，而如陈衍、易顺鼎、沈曾植、郑孝胥、陈三立等人则渐渐步入晚年，日薄西山。但在"文学革命"与"革命文学"的激荡下，仍自觉延续汉语旧体诗传统血脉的，大概也只有他们及辛亥一代的汪兆铭、曾仲鸣、王揖唐、叶德辉与袁克文等被正史与世相认知所遮蔽的争议性人物。似乎大家最终都难免像林庚白那样遭到攻击。

诚然，夏目漱石也并非典型的"旧体诗人"。在面对西方文学与革命的冲击时，他很巧妙、自觉地保存了作为东方文人的本色。他对汉诗的学习，多直接源自对唐宋诗的阅读。甚至他最初的文学理想，也来自对汉语的热爱。如他早年在《木屑录》开篇即云："余儿时诵唐宋数千言，喜作为文章，或极意雕琢，经旬而始成，或咄嗟冲口而发，自觉淡然有朴气。窃谓古作者岂难臻哉？遂有意于以文立身。"读汉诗阶段正是他的"启蒙时代"。

"锯山如锯碧崔嵬，上有伽蓝倚曲隈。山僧日高犹未起，落叶不扫白云堆。"当然，夏目漱石之诗，不可能真的去跟唐宋诗相提并论，只是一种气息或可接近。如：

> 风稳波平七月天，韶光入夏自悠然。
> 出云帆影白千点，总在水天仿佛边。

又如：

> 苦吟又见二毛斑，愁杀愁人始破颜。
> 禅榻入秋怜寂寞，茶烟对月爱萧闲。

但触动人心之句也会迭出：

> 忽怪空中跃百愁，百愁跃处主人休。
> 点春成佛江梅柳，食草订交风马牛。
> 途上相逢忘旧识，天涯远别报深仇。
> 长磨一剑剑将尽，独使龙鸣复入秋。

而且还会遇到类似魏晋意味之作：

> 半生意气抚刀环，骨肉销磨立大寰。
> 死力何人防旧郭，清风一日破牢关。
> 入泥骏马地中去，折角灵犀天外还。
> 汉水今朝流北向，依然面目见庐山。

"诗人面目不嫌工，谁道眼前好恶同。"小说家大概善于模仿人物（或诗人），加上受到过佛道思想的影响，故夏目写诗似乎也有些岑参、韩愈、卢仝、贾岛或刘叉、王梵志的痕迹。当然，他也不乏"日似三春永，心随野水空，床头花一片，闲落小眠中"那样的诗，能让人想起白香山；也有"君卧一圆中，吾描松下石，勿言不会禅，元是山林客"这样的应酬之作，可让人望见王摩诘。至于"独坐听啼鸟，关门谢世哗，南窗无一事，闲写水仙花"之句，恐怕谁都猜得出是在模仿唐人；自谓"死死生生万境开，天移地转见诗才""唐诗读罢倚栏杆，午院沉沉绿意寒""殷勤寄语寒山子，饶舌松风独待君"等句，亦可看出明显的自负吧。他应该是熟谙空海《文镜秘府论》中对唐诗写作技巧之记载的。

读过夏目作品的，都会承认他身上有"猫"性，也有"明暗"性，其十五岁丧母，患有神经衰弱等疾病，让他具有了双重人格。如果读到他那些具有弃绝感的诗，可能更能理解夏目那带着"低回趣味"之颓废，还有因受到与谢芜村、荻生徂徕等的影响，故亦持有的某种亡命家之品质，如：

> 挂剑微思不自知，误为季子愧无期。
> 秋风破尽芭蕉梦，寒雨打成流落诗。
> 天下何狂投笔起，人间有道挺身之。
> 吾当死处吾当死，一日元来十二时。

夏目的诗数量很少，线装本《漱石诗集》总共也只有35页（未加上赞美日俄战争的《从军行》），约两百多首，其中仅少数有题，绝大

41

多数都作"无题"，也即随感而发，即兴之作。或夏目本不当写汉诗是什么大事，就像拾得和尚与船子和尚的诗。我相信，他对自己诗的重视程度，恐远小于小说。但写作有时就是一场意外事件，很多年后，即便外人重新再读，感受也会迥然。如《木屑录》本是他早期一册薄薄的游记，脱稿于明治二十二年（1889）九月九日。那一年，夏目才22岁，署名"漱石顽夫"，正在第一高等学校本科上二年级。因夏目本名为夏目金之助，"漱石"二字是来自《晋书》之"漱石枕流"一语。此书是他连续几次游历山川，泛舟海上随走随写之所得，其中只有十几首汉诗。但足以看到夏目的汉学功底与对汉语的深爱。他在那时已颇具中国古人态度。虽然尚年轻，其汉文之流畅，可谓不让明清笔记，且大有直逼《入蜀记》或《吴船录》之野心。因为此二书在日本也是流传甚广的。

整部《漱石诗集》里，有一首诗最能令我想起过去读《草枕》时之感受，又觉颇具象征性：

散来华发老魂惊，林下何曾赋不平。

无复江梅追帽点，空令野菊映衣明。

萧萧鸟入秋天意，瑟瑟风吹落日情。

遥望断云还踟蹰，闲愁尽处暗愁生。

旧体诗的没落与线装本的退场基本上是同时的，正如新诗与现代印刷排印本的同步。汉诗以每一个"字"为细腻本色的艺术性，随着新诗的工具化而被忽略。这是很大的损失，甚至暗藏着一种失败。喜欢读古籍的人都明白，读线装本大字书（尤其木刻本），就像是身临园林之境，而读现代印刷的书，则只是像在看园林照片而已。这是两个概念的文学。如果夏目的诗集是现代排印本，可能阅读体验也会大不一样。

众所周知，日本现代文学史，皆以夏目为第一源头，他比芥川龙之介大25岁（芥川早年曾是夏目的门下弟子），其衔接西方而不忘传统的"鼻祖"地位，体现在"国民大作家"的荣耀上，类似俄国之屠格涅夫或吾国之鲁迅。2004年之前，素日里使用千元日币的日本人，都会因货币上的夏目漱石头像，而不自觉地想到他在文学史上的意义。但即便开创了日本文学的现代性，他骨子里也仍是个东方"旧体诗诗人"与俳人。他也面临明治时代的各种黑暗，但他似乎并不急于完全的革命与对传统的"一刀切"。在明治维新以后的东瀛作家中，他身上仍有一种久违的汉语高古之气，以及长者悲风的成熟感。就像他那一句忽然脱口而出的"散来华发老魂惊"，亦足以令人对正在逝去的汉诗传统，产生一点慎终追远般的"暗愁"。他深知，无论西学东渐如何猛烈，无论"赋不平"如何激进，他的身上仍有一缕传统的"老魂"还在挣扎。这其实并不影响他的现代性写作，反而成了他的底蕴。可惜的是，当年吾国的作家们，大多是那样的决绝，恨不能与古文或旧体诗一刀两断，从此再无任何瓜葛才好。似乎唯有如此，才算是有了独立的现代性。

旧体诗的传统其实并未真正断绝，一直在延续，即便到了意识形态强势的时代乃至现在，也有相当多的人在写旧体诗。其中虽不乏如陈寅恪、钱锺书、杨宪益、聂绀弩、沈祖棻或郑超麟等佼佼者，也有如朱英诞、废名、梁宗岱、施蛰存、郭沫若等那样新旧并重的作家，但毕竟整个旧体诗传统已是强弩之末，这也是后来日本学者木山英雄写《人歌人哭大旗前：毛泽东时代的旧体诗》之缘由。20世纪80年代之后，新诗被推到了奇怪的社会高度，旧体诗更小众化了，成了极少数学者之关门功夫。新时期以后擅长旧体诗的当代小说家，更是难觅踪迹。但既然旧体诗一度能对特殊集权年代作出隐喻，难道应对今日之"全球化语境"和复杂信息的生活，就真的完全无能了吗？我对此亦存疑。

一切好的文学或诗，本无古今中外之忧。而汉语至今，人人皆欲去"中外"之界，却从无人敢破"古今"之执。新旧之间因形式被划出了一道语言天堑。至于"文学革命"以后，中国会写诗的小说家以及诗人们，似乎并无一人还有此雅兴，当然遑论高度。他们对旧体诗之无情批判与割舍是那样急切。西方诗、自由句与翻译体，因可以直接覆盖世俗化的阅读，便于宣传，于是迅速地变成汉语抒情之揭橥。面对复杂的现代事物、工业词语、声光电与时代病，山林与格律的含蓄表达方式像是隔靴搔痒，韵律的桎梏似也不能满足他们对人性的宣泄与社会压抑的反抗。面对现实与心境，直接言之有物多痛快。可大家并未深究，古代诗人也曾遭遇各种灾难或激变，为什么却从不喜写"直观事件"，而宁愿以廋辞去达意？汉语诗之本质，会不会就是一种含蓄之"意"，而非实在之"象"呢？但历史留给现当代文学家们摸索徘徊旧体诗的时间已很少了。在写小说的中国诗人及后起各种流派的白话诗人身上，已丝毫感受不到夏目漱石那种遥望断云、情系落日的"暗愁"与"老魂"。新思潮的强势与文化挫败感，早已令大家魂飞魄散，便草率地默认了这场忘恩与抛弃。

2018 年 11 月

世间有一面笨蛋的墙

从徒步北齐长城想到养老
孟司『バカの壁』

记得阿尔巴尼亚作家伊斯梅尔·卡达莱在写中篇小说《长城》时，其泛结构主义或相对的人物关系（"宋督察"与"蛮夷勇士库特鲁克"之间的矛盾），实际上是尚未真正抵达过中国长城的表现。过去读博尔赫斯《长城与书》时亦有隔靴搔痒之感。事实上，西方作家对中国式墙的理解都是魔幻的，尚未能见识到墙内"中心论"带来的封闭性和荒谬性。不可否认，墙或修建一座长墙的帝国建筑现象，始终都是某种哲学的存在景观。早年读书，如萨特的《墙》或卡夫卡的《中国长城建造时》（这短篇也可以说是其长篇《城堡》的精神源头），都有此类观感。"帝国型人格"往往都要面对被墙包围的绝望意义，但并不会进行任何判断。判断只是历史结束之后的第二诠释。这也是我后来写短篇小说《狼烟》（收入《鹅笼记》）的最初想法。那小说的初稿实际上写于 1998 年夏，与友人去司马台长城之时，当时标题为《瘦墙》。但二十年后，我才重新修改完成，地点也被我改成了某烽火台。不过悖论与"笨蛋的墙"之性质是一样的。前不久，我去张家口马驹沟北齐长城作徒步行，爬山十数里，遥望北齐千里龙骨残骸，观感亦如是。

五胡十六国时期的北齐，是一个鲜卑化的胡汉混一政权和中古野蛮王朝。看来不仅汉人修墙，胡人自己也修墙。北齐长城为文宣帝高洋所修，为了防御与攻打柔然、契丹、突厥、库莫奚与西魏（北周）。但北齐朝廷中也有很多胡人，如太姬陆令萱、高阿那肱、穆提婆等，皆鲜卑人。北齐虽只存在了短短28年，但所产怪杰、恶女与寡廉鲜耻之徒同样多，如唐时李百药修《北齐书》之"恩幸传"所载之人：韩凤"于权要之中，尤嫉人士"，"每朝士谘事，莫敢仰视，动致呵叱，辄詈云：'狗汉大不可耐，唯须杀却'"。而和士开对世祖（高湛）之言"自古帝王，尽为灰烬，尧、舜、桀、纣，竟复何异？陛下宜及少壮，恣意作乐，纵横行之，即是一日快活敌千年。国事分付大臣，何虑不办，无为自勤苦也"云云，令世祖大悦，也算是一代奸臣之"名谏"了。其隐忍与权谋，食粪汁（黄龙汤）不让郭霸，亦能反证其中奥妙。如"和士开传"所言：

> 士开禀性庸鄙，不窥书传，发言吐论，惟以谄媚自资。河清、天统以后，威权转盛，富商大贾朝夕填门，朝士不知廉耻者多相附会，甚者为其假子，与市道小人同在昆季行列。又有一人士，曾参士开，值疾，医人云："王伤寒极重，进药无效，应服黄龙汤。"士开有难色。是人云："此物甚易与，王不须疑惑，请为王行先尝之。"一举便尽。士开深感此心，为之强服，遂得汗病愈。其势倾朝廷也如此。

满朝此类人，北齐怎能不灭？修长墙实际上只是一种思维方式而已。作为鼎盛时期的北齐文宣帝高洋也有个鲜卑名，曰"侯尼于

46

（干）"。齐高祖高欢有两子，高澄与高洋。高欢本东魏大臣，镇压尔朱荣残余势力后，独揽东魏大权十六年，建立北齐基业。高欢死，长子高澄即位。高澄刻薄，对弟弟高洋也忌讳。高洋十八岁，通晓政事，但他谨慎阴鸷，怕引人怀疑，帝王抱负绝不外露。高洋平时伪装笨拙，对高澄百依百顺。高澄则嘲弟愚钝，曰："此人亦得富贵，相法亦何由可解。"可见高洋是个貌似笨蛋之人。即便对妻子李祖娥，也常整日无言，非常尊敬。但高洋其实有家暴恶癖，所谓"帝好捶挞嫔御，乃至有杀戮者，唯后独蒙礼敬"。公元 549 年，高澄突然遇到袭击身亡，他在与谋士陈元康密谋夺取东魏的政权时，被膳奴（厨子）兰京所杀。兰京并无别的图谋，只恨高澄反叛。这时，高洋正在城东双堂，听说高澄被弑，陈元康重伤，肠子都流出来了，他一点也不惊慌，脸色镇定，只冷静地调派训练有素的家臣武装前去镇压。兰京一群人本是乌合之众，一打便垮，后全部脔割尸体，以泄弑君之愤。陈元康流血过多身亡。高洋下令对外只说膳奴造反，大将军受伤。并于后园将陈尸埋掉。由于整个过程高洋处理得有条不紊，就连高澄的心腹老部下也大吃一惊，没想到这个"笨蛋"有如此魄力。宿将故吏觉得他果断，开始拥他执政。高洋紧接着又到昭阳宫，拜见东魏孝静帝元善见（鲜卑人），这时孝静帝已经知道了高澄的死，只见高洋带了八千人，上殿的就有二百人，而且都全副武装。孝静帝有点恐惧，但高洋只磕了两个头，说："臣家有事，要去晋阳。"然后转身便走。这时高洋仍不发丧，而是先去重兵所在地晋阳。因高洋生于晋阳，小名"晋阳乐"。晋阳老臣从来瞧不起木讷寡言的高洋。此刻见他突然一改白痴状，雄姿英发，滔滔辩才，侃侃而谈，分析事理，思维敏捷，与往常判若两人。百官全都惊呆了。一切就绪后高洋才发丧。半年后（公元 550 年 5 月）高洋逼元善见禅位，然后将其毒杀，自立为北齐皇帝。按马基雅维利的《君主论》观点："那些深知怎样做狐狸的人获得了最大成功。君主必须深知怎样掩饰兽性，必须做一个伟大的伪装者和假好人。"高洋如是，历史上的很多隐忍的君王亦如是。

　　当然，高洋攫取权力后便开始充分释放压抑多年的野性：杀兄弟，吃敌军人肉，殴母，乱伦，斩妃，酗酒，或裸身涂脂，坐骑骆驼、白象与牛在大街上横行，烈日暴晒街头，隆冬赤膊猛跑。高洋31岁便去世了，其性格颇有些后来隋炀帝那种"诗性"。之后废帝高殷17岁，即被孝昭帝高演所杀；高演也曾北出长城，亲征库莫奚，但仅27岁便去世；武成帝高湛是高洋的九弟，登基后以杀子相要挟，强奸了他的嫂子即高洋之妻李后，并令其怀孕。他因仇恨（也是一种心中的墙）杀掉了李后与高洋之子太原王绍德，然后脱光了李后的衣服，裸体鞭打，令其号哭不断，"盛以绢囊，流血淋漓，投诸渠水，良久乃苏"，最后将其送到妙胜寺当了尼姑。高湛也因酒色过度而死，年仅32岁。然后是后主高纬，21岁被北周武帝宇文邕与里应外合造反的大臣高阿那肱赐死；幼主高恒7岁，死因同上。北齐陆续登基的皇帝，大多如走马灯一样在昏聩、短命、荒淫或谋杀中死去。而色情、伪善、残暴与封闭性思维，从来便是中国皇家本色。别看高洋不是纯种汉人（自曾祖父魏人兰台御史高谧，因犯法移居蒙古怀朔镇开始，高家便世代为鲜卑化汉人），可以在打仗时胡服骑射，可以突破所有的人伦禁忌，可以不管任何传统道德的高墙，把所有人都看作村上春树式的"鸡蛋"，但他依然有一颗汉人式的封闭大脑。在这样一个类似萨德主义、男性青春激情、战争与亚细亚生产方式相结合的狂欢朝代，一场靠性、血与死来宣泄的帝国宴会，他当然也需要专修一道长城来保卫它庄严的恐怖，保卫其畸恋与背叛的美学。而且最初高洋修墙时，也一定认为自己的意志、权力、荒淫与城墙都是永固的。他也是渴望用坚不可摧的石头与武器，捍卫自己王的尊严与性欲。

北齐长城绵延三千多里，横跨河北、内蒙古与山西等地，规模仅次于秦汉长城。最后北齐被北周所灭。如今，残存的北齐长城，就是一些风化在山顶的乱石，废弃在苍茫草原上的残迹，石缝里只有杂草与鸟粪，只配我等在此处撒一泡野尿。墙已完全坍塌，从墙外走到墙内只需几步。除了每隔一段的城楼残垣还会勉强凸起，城墙石头堆积最高的地方只有一米，最宽的地方也不过二十米。偶尔会飞过一只鹞鹰，仿佛是在追忆北齐短暂的高墙时代的荒谬性。

墙真挡得住什么吗？中国式的墙从先秦、北齐、汉、唐、宋一直修到明长城，待清入关后，这道千年工程才被废弃。因康熙曾云"修墙实无必要"，即他已意识到"守国之道，惟在修德安民"。

我读过日本脑科学家、医学家与杂文家养老孟司（1937— ）所著的一本书，即『バカの壁』，此书中译本名为《傻瓜的围墙》。"バカ"（马鹿）这个词在日本是最常见的口头用语，一般指笨蛋或傻瓜，但译为混账、混蛋、愚蠢、蠢货、愚昧、小看、不合理等，也都是可以的。养老孟司从大脑研究的角度，阐述了各种奇怪的愚蠢的思维方式及其出现的原因，诸如：知识与常识的互相违背、现实是什么、英文 the 与 a 的不同、聪明之人与非聪明的人大脑为何会不同、偶像崇拜的诞生、奥姆真理教与身体、机械主义与共同体的崩溃、记忆力达人、一元论、集体无意识、犯罪者的脑、斩首的脑（脑中还有另一个完整的身体）、宅男宅女的脑、洗脑或健脑、冲动杀人犯与连续杀人犯的脑前叶区别等，以及更广泛的奇怪教育、"でもしか先生"（但是老师）等导致的脑问题。总而言之，因所有笨蛋的脑中都有一面无法逾越的墙，故而他们始终在"愚蠢"之中。这面墙，大约比长城更长，更久远。因这不仅是一个科学问题、历史问题、极权或教育问题，也是社会问题和人性忽略了"反抗性"的问题。所有愚蠢的人都会陷入其中，来回周旋或徘徊，不能出其窠臼，就像鬼打墙一样重复自己的愚蠢，包括对那些早已透彻的道理，或举世皆知的约定与诺言，仍然会产生出一面笨蛋之墙。譬如对"承诺"这样的脑活动，只有武士才有所谓"说一不二"，其他人则不同。我试译书中一段如下：

> 人是会变的，尽管语言不会变，信息也不会变，约定的绝对诺言也不会变。但近年来，人类越来越轻视承诺了。人的这种反复无常的言论，近似于一种"颠倒错乱"，令本来变的东西始终不变，而不变的东西却发生了变化。因为，现在甚至连小学老师也不讲"遵守承诺"这样的事了，孩子们与朋友、同事之间也不谈，仿佛用小指拉钩这样的古老方式也全都毫不在乎地废弃了。在成人社会此类事是司空见惯的。如政治家对"公约"之类视同放屁，满嘴都是谎言。而那些接受公约的一方，他们的承诺也立即会变，大家彼此心照不宣。

在养老孟司看来，所有这些问题，实际上都属于人类大脑活动中的愚蠢之墙。正如北齐的长墙也只是一种单方面"物理公约"而已。朝廷与皇帝自身都会随时乱来，民间更没人真正会遵守帝国的规则。变化会来自入侵者的推动，也会来自北齐人内部对圈禁的反抗。那种大脑不够使与身体不够强壮的民族，本来应该慎用这种接近愚蠢的防御工事。可惜，反者道之动，历史总是反过来被创造的。阴鸷聪颖的君主并不认为自己是个纵欲而死的笨蛋，正如不知道最伟大的墙也正是最愚蠢的墙。

卡夫卡在《中国长城建造时》（叶廷芳译本）中所言也有理：

> 建造长城甚至是相悖的考虑，主事者们在决定分段而筑的时候，并非都有顾及到。我们——我在这里以许多人的名义讲话——实际上是在——研究了最高领导的命令以后才认识了自己本身的，并且发现，没有上级的领导，无论是学校教的知识还是人类的理智，对于伟大整体中我们所占有的小小的职务是不够用的。在上司的办公室里——它在何处，谁在那里，我问过的人中，过去和现在都没有人知道——在这个办公室里，人类的一切思想和愿望都在转动，而一切人类的目标和成功都以相反的方向转动。

墙就是空间的反面。墙也是虚无与存在之间的前线。如果把人面对笨蛋之墙的存在与反抗，与禅宗"面壁"相提并论，某种意义上倒也说得通。因面壁时的"东壁打倒西壁"（济癫语），既是历代僧人的一种推倒"笨蛋之墙"的行动，也是一种对希望穿透一切愚蠢之墙（包括魔障、贪嗔痴、世俗、时间、生命、物与身体存在等）所作的努力。区别在于"面壁"是一场无言的、内心静虑的对墙的推倒。至于历史文化的长墙，则需要更广泛的社会觉醒。因真正反抗的哲学，从政体形式、军事代价到现实事件等，都不是最重要的。重要的是"反抗性"是否能被意识到。甚至利用与欺骗的反抗与非正义的反抗，也都不是关键。人的反抗性是元气与本能。即便没有外来的压力，反抗者的心学依旧是一种存在主义。这也是20世纪70年代福柯曾针对伊朗革命所阐述的反抗思想（《反抗没有用吗?》）与加缪（《反抗者》及《荒谬的墙》）比较接近的地方，即作用力比最终作用（或无用）更接近存在的意义。可惜如今大部分人只能关注或醉心于对反抗模式的混乱或社会性结局进行阐释，忘记分析人内心对"形而上的反抗"的本能诉求。如我在《狼烟》中虚构的主人公，看守烽火台的士卒（他）便是这种思维方式，而"胡人"的出现只是为了最终能解决这个悖论而已。白马非马，青山非山，北齐人亦非人，只是"一个朝代的人"。北齐之人早已灰飞烟灭，但"人"还在。朝代之人也早已更迭多次，但"人"还在。任何国家中的国民亦如此。

　　墙内的人，往往会认为（或被设定认为）墙外的人生活在墙内，而墙内才是墙外。从未有人想过，内与外的差异，从来就不建立在石头两边。这可真是一件令人遗憾的事。

2019 年 8 月，北京

制服与气味 我鬼窟与少年刺客

不久前，中国大陆首版了《芥川龙之介全集》，有 15 个译者，而印数仅三千套。芥川全集的出版，在大陆是第一次。其中篇目暂且不谈。爱文学者，自民国那一代人到今天，从芥川的作品中都获益不少。《地狱变》《鼻子》与《玄鹤山房》等小说，早就倾倒无数读者，而熟悉根据他小说改编的电影《罗生门》（《罗生门》与《筱竹丛中》合编）或《南京的基督》的人，就更不用说了。而且，通过芥川的文学与电影，我们才第一次认识到了一个十分敏感的犯罪学与心理学问题，即通常所谓的"被强奸者也可能具有某种快感"的现象。我们可以来看一段《筱竹林中》的原文：

> 强盗强奸了我的妻子之后，便坐在那里安慰她。我开不得口，身体又捆在树上，我一次次向妻子以目示意。我想告诉她，不要相信强盗的话，他说的都是谎言。——可是我妻子却默然坐在落叶上，低眼望着自己的膝盖，正在一心地听着。我满心嫉妒，身上好像火烧。可是强盗还花言巧语地说："你已失身了，再不能同丈

夫和好，你跟他去，还不如跟我当妻子好。我会好待你，我去规规矩矩劳动！"这大胆的强盗，最后竟说出这样话来。

妻子听着，茫然地抬起脸来，我从没见过我妻子这样美丽。可是这美丽的妻，当着我的面，你猜猜她对强盗如何回答？我现在已到了另一个世界，可是一想到当时妻子回答强盗的话，还是浑身火烧一样难受。我妻子确实是这样说的：**"那就随便跟你上什么地方去吧！"**

被奸污后的妻子，因尝到了快感而变得更加美丽，显然她是对奸污并不"愤怒"的，反而带有了某种默契。在当时，这是多么大胆的表达。芥川是一个黑暗时代的作家。他的笔法至今读来，仍让人惊讶不已。他的文字、写作角度和对人性的捕捉，以及他那些即兴写的笔名或落款，都很有意思。芥川有一书房，名曰"我鬼窟"。这个名字真是意外的好！

大约是他太喜欢恶魔学与鬼气的意象，名字中还有个龙吧。芥川在与人通信时还会不断更换自己的称谓，如：鬼、龙、龙生、我鬼、我鬼生、病我鬼、澄、澄江子、澄江老人、残夜水明楼主人、曼青、大废物……东方文人都爱起各种笔名雅号，中国古人尤甚。芥川热衷汉学，也极爱此道。宋代志怪小说有《西山一窟鬼》，芥川此斋名不知是否与此有关？

而且，大约他是受佛教影响很深的文学家，这些乱七八糟的落款，几乎会让人联想到"天龙八部，龙众鬼众"里的角色。

取名字是门学问，此学问若说大，可谓"有名，万物之始"；若说小，人之名那就是个符号。但一切文明的元素，都是由符号构成的。法老、秦始皇、赵州、无门、曹雪芹、八大山人、达·芬奇……乃至基督、佛、老子、笑笑生、异史氏、三岛由纪夫、鲁迅等等皆非本名，难道我们不是已经耳熟能详了吗？

芥川龙之介的小说、杂文与随笔，可以上追蒲松龄与爱伦·坡之遗风，下启黑泽明之后众多的电影潮流。可以说，没有他彗星一样的出现，20世纪的日本文学乃至近代中国的白话小说（尤其是类似鲁迅的那种黑暗的鬼才风格）会是一番平庸的景象。

芥川死于1927年，当中国正处于大革命分流的时代，35岁的芥川因压力与绝望自杀。据说他晚期熟谙基督教，就像林语堂，但他始终保持审美距离而不皈依。他写作时间只有13年，但他的成就是惊人的。书斋生活与颓废自闭的处世观，包括他在中国生活的那些年，深刻地影响了他的绝望美学。日本作家中数他与中国关系最密切。芥川的作品大多很短小，或许如朱光潜先生所说："小就是美。"这也与《枕草子》之传统息息相关。"芥川文学奖"是目前日本最高文学奖，每年发给最新锐的现代作家（包括外籍日语作家）。在《芥川龙之介全集》最末的几篇遗书中，我们几乎可以看到与卡夫卡一样含蓄而痛楚的伟大作家的心灵。然此鬼非彼鬼，此龙亦非彼龙。想起他在随笔《肉骨茶》的"恶魔"一条中说，据德国人维尔乌斯（Wierus，1515—1588年）在《恶魔学》中记载，世界上恶魔"总数为一百七十四万五千九百二十六个"。这个数字怎么这么具体？不知其中有没有这个天才的"我鬼生"，这条夭折的、忧郁而英俊的文学之龙？

但有一点是肯定的，即这是一条日本战时文学的龙，一条对失败充满了预感的苦恼的龙。他承袭了夏目漱石的灰色遗风，又启发了远藤周作对于战争与日本基督教信仰的思考。在工业化、军国主义化与西方文明激进的煎熬中挣扎，这条龙仿佛浑身的鳞片都沾满了忧郁的铁锈。

但到了战后，更多的日本作家，似乎是下意识地为了摆脱芥川龙之介的影响，从而刻意地一洗当初的黑暗思维，走向了语言的无限绚丽与复杂之叙述中，如三岛由纪夫或大江健三郎。而右翼思想在战后硬着头皮地以传统自诩，则为这种叙述找到了文化认同感。强调肉体与行动之美学的右翼作家石原慎太郎《太阳的季节》那种获得过"芥川文学奖"的作品是最典型的例子。该小说讲述的是一个热衷拳击的高中生，在玩闹时勾搭上了一个女孩，后来女孩怀了孕，堕胎失败而死。石原慎太郎在小说中不断地展示上流阶层生活中夜总会、海滨游艇上的色情、暴力、残酷的细节。石原慎太郎与三岛由纪夫是青年时代的朋友，三岛自杀去世后，石原慎太郎几乎成了右翼作家的代表人物，并常年涉足政治，官拜东京都知事。在中国，他一直被视为"极端狂热的法西斯主义分子、反动文人和反华政客"。但这些后来的头衔，完全可以与他年轻时代对肉体之美的景仰和语言叙述分开来看。《太阳的季节》无疑是一部充满了海明威气质的小说，是对青春、性与行动细腻的赞美和极端的抒情诗。

另一个典型的例子，事件来自右翼，而作品却来自民派，即大江健三郎的《政治少年之死》。大江是诺奖获得者，写过很多小说与随笔。他关注日本新兴宗教、黑社会、核时代的乌托邦与日本现代城市病。但这部早期的中篇小说，却是真正奠定他地位的作品。

1961年，美国普利策奖发给了一张叫《舞台上的暗杀》的摄影作品。该图片拍摄者为日本《每日新闻》的记者长尾靖，拍摄日期为1960年10月12日。他是第一位获得该奖的外国人。他的这幅照片因为曾在美国报纸上发表，所以有资格入围普利策奖。后来，这张抢拍之作便成为世界新闻摄影的经典之一。

56

第一次看见照片时，我就对那个右翼狂少年的动态产生了兴趣。

这兴趣一直持续到多年后阅读大江健三郎被禁多年的短篇小说：《十七岁》以及《政治少年之死》。这两篇小说，实为一篇，因为后者副标题为"《十七岁》第二部"。故事是连续的，人物也一直是沿用第一人称"我"。小说题材与人物原型，取自照片里的那个少年：山口男也（二矢）。

据记载，1960 年 10 月 12 日，日本社会党主席浅沼稻次郎在参加日本三大政党选举辩论会时被刺。当时，长尾靖的胶卷几乎用完，相机内仅剩一张胶片未拍……忽然，他看见一个身材瘦小的人，拿着一根像褐色棍子一样的东西，猫一般地从大厅对面疾步奔到讲台上袭击浅沼。那少年来势凶猛，浅沼手里的演讲稿一下子被冲起，向四面八方飞散。山口男也冲上讲台后，拔出一把长刀向浅沼刺去，长刀深入腹部 11 英寸（约 28 厘米），然后又向胸部刺了第二刀。他的刺杀行动坚定而傲慢，浅沼当场躺倒在血泊里。

长尾靖的照片，就是在少年拔出第二刀的瞬间拍下的，动作异常迅猛、锋利。你几乎能看到两人在那一刹的叫喊、躲闪和血腥的光辉。

浅沼还没被送到医院就死了。后来，少年山口男也在狱中自杀。山口被新闻称为"极右分子"，他是东京人，曾因犯暴力罪九次入狱。大江健三郎在事件发生的第二年，便写下了那两篇小说。小说一出，他就受到右翼分子威胁，还曾因此公开登报道歉，称该作品"纯属虚构"。小说也从不敢收入大江的文集，至今如此。

这里最主要的原因，不仅是左右翼意识形态的社会矛盾问题，或当时日本在《日美安保条约》下的左翼学生运动（全学联）、暴力团和反美问题等大背景，更深的原因，还是大江在《十七岁》中细腻而露骨地描写少年山口在手淫时的细节、幻觉、内心的无名颓废与痛苦、严重自闭症等。他对自己精液的陶醉、日常的孤独、对家人的无端愤怒与暴力倾向、对妓女的歧视，都充斥在作品中，散发出浓郁的政治意淫气味。在大江看来，少年山口之所以成为极右分子和刺客，其渊源便在于他耽溺于手淫的自卑心。他的肉体在手淫中无限萎靡，甚至产生了"十七岁便阳痿"的幻觉。他认为如果不走向行动，便会永远失去性高潮。而他希望人的一生应该始终在性高潮之中存在。一次偶然机会，少年加入了右翼团体皇道派，右翼政客们用政治词汇与天皇崇拜洗脑，终于使他的人格与肉体都坚强起来。

据说大江此作发表后，三岛由纪夫还曾写信给他，说他"在情感上受到国家主义的诱惑"。三岛的精神属右翼，骨子里关心肉体与绝对美学，但大江非左非右，属于战后民主派。一个是有着"军国少年"生涯的世袭贵族作家，一个是人道主义平民作家，他们自然有很大的不同。但他们都对肉体与政治的关系，对性与死的关系，进行过深入解构。从语言的某种意义上说，《政治少年之死》与《忧国》也有一些类似：不仅他们的历史渊源来自战时情绪、"二·二六事件"、美国驻军的压抑和民族主义等，甚至在青春、性与政治——这个超稳定的三角形日本文学结构中，也始终保持着类似的矜持和优雅。大江自身固然并非右翼，甚至对右翼思想有着强烈政治反讽，但无论他如何遮掩，书中对少年之性与死的美学渲染，却仍然不可抑制地流溢出来。

反讽也好，心理学也好，皆不重要了。肉体的文学语言在此起到了最彻底的作用，大江试图提醒读者，一切历史的表象都不是靠制服（意识形态）带来的，而是靠人性与本能带来的。

在第二部《政治少年之死》中，精彩的描绘就更多了。少年穿上了右翼的制服，参加游行、斗殴和集会，妄想使其成为他真正的铠甲，而制服掩盖下的肉体，依然是"我的阴茎就是阳光，我的阴茎就是鲜花"这样的颓废情绪。尤其当少年独自居住在农场，沉醉于大自然与一位信佛的妇女的宁静中时，他的狂热与幻想仍然勇猛精进。而当少年最终成为刺客之后，在监狱中，他找到了自己那种"萨特式的存在主义"，为莫名的恐怖辩护。他并无丝毫悔恨，只感到肉体的纯美和对天皇幻影的持久激情。直到他上吊自尽后，大江也没有忘记这死的本质并非政治，而是性与青春的肉体——

> 据说将被绞死的尸体放下来的中年警察闻到了精液的气味……

关于这一句的文学阐释或政治诠释，可以有很多种。比如因为他渴望自己是"完美的真正的右翼之魂"或"右翼之子"。他在死时看见"天皇陛下在我的充满幸福愉悦的泪水的眼睛里折射出一百万个灿烂辉煌的形象"等，所以他说将自己看作是"还未出生的人"，是孕育在天皇羊水里的一滴永恒的精液。这种解释虽有一定道理，但依然停留在意识形态洗脑的认识论里。而我认为，大江此书的核心价值，绝非仅仅为了反驳刺杀的荒谬性。因为青春与性对人心的异化，对人的行为产生的激变——这无论是在右翼还是左翼，无论是在革命党里还是黑社会团体中，都有可能是存在的，而且必然是存在的。

所有的概念、方法论、世界观等，说到底都是一件裹住肉体的制服。只有精液与激素的循环才是肉体真正的发电机。

一个 17 岁的少年不可能是 20 世纪 60 年代日本战后派思想家，

更谈不上什么右翼理论家。书中的少年也承认：他所有的一切都来自自己心中天皇的召唤，而非别人的唆使，更非某个政治团体或派别的洗脑。

这年轻、猥琐却又带着几分幽雅的远东的小堂吉诃德，一直不过是在与自我内心性欲的风车作战。

1960年的山口男也事件，就像1970年的三岛由纪夫剖腹事件一样，若论其历史意义，其实是很梦幻、荒诞的，让沉沦在泡沫经济高压下的普通日本人难以接受。况且什么叫右翼，从来就没有定论。就是在今天，日本大街上骑着摩托车或开着黑色面包车，挂着高音喇叭宣传"爱国主义"的民间暴力团体，也未必是什么右翼。这只是一个被过度滥用的术语罢了。

追忆世界史，右翼（Right flank）或右派一词，本源自于法国大革命：在制宪会议上，当时来自第三阶级（市民和农民）的自由派参议员坐在主席的左侧，而第二阶级（贵族阶级）的成员则坐在右侧。从那以后，一切支持旧制度的君主主义者，就被笼统地称为右翼。

但把右翼仅仅称为保皇派，这显然又是十分狭隘的。

因右翼的本质和价值观，主要还应该是"独立人格精神"。一切正宗的右翼分子，皆信奉"英雄史观"，认为历史是英雄创造的。右翼分子多为中产阶级、精英阶层。右翼特别反对左翼的"均贫富"或"仇富"观点，认为这只是在追求表面的平等。右翼和左翼的共同之处只有"革命"，而此革命非彼革命。右翼更强调个人在革命中的使命感和责任感，强调国家应给每一个公民机会，尊重每一个个人的个性，强调平等受教育（基础教育）的权利，认为人必须对自己的命运负责，贫困只能源于自己的低素质、懒惰和无能，不能怪其他的因素，尤其不能依赖集体。右翼的经济政策是主张自由放任，小政府、大社会，对经济的干预和宏观调控越少越好，通过减税、减少公共福利、刺激投资来解决失业问题和社会问题。从近代左翼实验的失败与当代世界资本主义经济情况来看，右翼的很多想法，反而是成熟的。

日本与中国一样，本是君权制国家。普通人对天皇血统和道德伦理有着千年的文化传承和情感依托。在这种大的背景下，二战的失败、广岛原子弹事件、美国驻军的耻辱，使其心理上一直有一种巨大的压抑感。在 20 世纪 60 年代无处宣泄的经济社会中，一个如山口那样的少年，其不成熟的政治本能与刚萌芽的性欲本能，便被集体无意识地混淆统一起来了。政治意淫与色情意淫，在大江的笔下通过少年的梦魇被狂飙突进式地叙述出来。而山口男也的制服，就像三岛由纪夫盾会的制服，是军装与色情的双簧。虽然我们已无法澄清大江在写作中，究竟有多少取材于当时的真实数据，多少是虚构。但美的文学就像绚丽而血腥的历史，会让读者忽略那些疏漏或夸张的地方。驾驭着荷尔蒙之马驰骋在单向度语言思维中的山口男也刺杀事件，便早已不再是一个社会事件。正如大江的《十七岁》与《政治少年之死》早已不再是一篇报告文学，而是一首关于特殊时代激进少年的肉体之诗。就是他的反对者来读，也会潸然泪下。

2011 年 1 月 31 日，北京

全副武装式和平寓言

续书传统与道洛什·久尔吉
《1985》中的自由主义

美军的全球战略、密集的军演、中东战争、伪善的"反恐"、北约东扩与泛亚细亚集权主义体系的崩溃，乃至最近的叙利亚问题和朝鲜的卫星（导弹）试验等，让这个看似商品化的世界也早已清晰地分化成了乔治·奥威尔当年在小说《1984》中所预言的那三大阵营：欧亚国、东亚国与大洋国。这来自文学的戏剧性描绘，仿佛幽默的咒语，让每个置身于当代的人都会产生启示录般的焦虑。我们已（或自古从来就）进入了一个"全副武装式的和平时期"。而所有这一切，其名正言顺的口号，都是"为了自由"。

曾记否，罗兰夫人云："自由，有多少罪恶假汝之名以行。"

几千年来，在皇权镇压下的中国人对"自由"的渴求尤甚，故而一旦有"自由"的苗头初露端倪，哪怕只是一个口号，或只不过是网络上的虚拟空间或口水议论，大家便也都蜂拥而上，几成发泄。那暴力革命的幻梦与乌托邦实验带来过的巨大"自由"，似乎从未化为深刻的教训，而依旧是一场浪漫的词语宴席。

但什么是自由呢？强权或君主死了，就一定会有自由吗？莫非真的如人们评价奥威尔的书那样，"多一个人读《1984》，自由就多了一份保障"？

　　毫无疑问，自由肯定是不能靠人工设计的。关于这个问题，当代匈牙利作家道洛什·久尔吉（Dalos György）的《1985》，从结构到内容都不逊于奥威尔的《1984》。这不仅因为文学本身，还因为作家的特殊经历。在1968年久尔吉曾卷入激进的"毛派分子案"，其作品在匈牙利遭禁长达19年。由于他大学时便研究过中国历史，撰写过关于东汉赤眉军起义的论文，这些渊源令他与中国比较亲近。最关键的是，他的这本小书可以用来影射东西方两种乌托邦体制在"自由"这个问题上所产生的悖论。如他在中文版序里所言：读者可以"试着植入自己的历史。世界历史之所以有趣，正因为我们所有人都在——都可能在——其中扮演角色"。

　　作为一种续书，《1985》与传统的续书写作没有太大不同。传统续书大多立足于原典本身的故事，如《鲁滨逊漂流记》的续书《星期五》，或《悲惨世界》的续书《珂赛特》等。这种模式在中国过去就更多了，如《反三国演义》《后西游记》乃至《石头记》之后那些多如牛毛的"续梦"等。即便是《金瓶梅》，在某种意义上也不过是《水浒传》的一种续书。续书传统进入商业化社会之后，更会大量繁衍，成为所谓的"类型书写作"，如泛滥的侦探小说、武侠小说或推理小说等。作家就像一部机器，可以将一种东西按照套路无限复制下去。这可以追溯到大仲马与巴尔扎克时代的写作方式，即为了稿酬或版税不断地制造故事（虽然有好有坏）。不过总体而言，这都是些"建筑上的建筑"或"影响的焦虑"而已。《1985》也是久尔吉在匈牙利社会主义时期（1973年）第一次阅读了由阿瑟·库斯勒（Arthur Koestler，即《中午的黑暗》的作者）作序的德语版乔治·奥威尔《1984》并被深深吸引之后，对自身环境作出的一次文学反抗。当然，《1985》也与传统续书有很大不同：首先是它的篇幅很短，只有八万多字，基本上只算一个中篇小说，对核心主题点到为止；然后是它还运用了结构主义的形式——由几个主人公以第一人称分别讲述自己的观点和阅历，然后分为"春天""夏天""九月"等三章，中间穿插一些诗歌、标语与新闻报告等——而不是完全延续奥威尔原来的那种正叙。这也可窥见久尔吉受到过各种小说流派的影响。

好在形式不算最重要的。最重要的，仍是探讨自由在人心中的位置。

纵观20世纪类似的作家，如扎米亚京（《我们》）死于1937年，奥威尔死于1950年、赫胥黎（《美丽新世界》）死于1963年，而与久尔吉同为匈牙利裔的英籍作家亚瑟·库斯勒则正好死于1983年。所有这些最具"反乌托邦"作品的代表小说家，都在1984年之前去世了。这似乎是历史在刻意地为久尔吉的续书做着准备。如果不算村上春树的《1Q84》等东方作品，那么久尔吉的《1985》大约应该算是最后一部关于20世纪集权政治的幻想小说。在西方作品中它的成书时间也相对最晚。因久尔吉写作此书那一年——1981年，就连中国都已经开始改革开放，而冷战也已基本接近尾声了。

1981年到1985年之间，只有短短的四年，幻想的成分要远小于现实的成分。

尤其久尔吉是过来人。他经历过匈牙利集权制度的打压，很了解纳粹政治、斯大林模式（他父亲死于劳动营）。把预言小说的时间放到近在眼前的1985年，这不得不说是很大胆的。因为这个时候，包括匈牙利在内的整个东欧社会主义阵营正日趋走向衰落，乌托邦实验基本陷入了低谷，冷战式微，离苏联解体（哪怕从1981年写作时间算起）已只有不到十年的时间。这个时候，再接着奥威尔的故事，延续当初奥威尔《1984》所创造的"老大哥"这一称呼，以此象征所有独裁者和寡头政治家的覆灭（而且"老大哥"这个词语也与当代汉语中形容黑社会头目的"老大"颇为类似，对商业社会的读者亦有吸引），是需要相当大的勇气的。当然久尔吉也延续了所有奥威尔式的隐喻，如精神保卫局、秘密警察、核心党、《时代》杂志、知改委（知识改革委员会）与新话（老大哥体制内设计的语言改革和洗脑）等。因为只要有某种集权制度，这些东西就会永远变着花样存在。

但久尔吉的作品最终的目的，还比奥威尔"进了一步"，他渴望用小说在当下的国际现实中找到自己的位置。所以他选择继续描写自"1985年1月，老大哥不治身亡"之后的世界格局。那时，乌托邦体制开始解冻，上层正酝酿着变革，秘密警察奥勃良创办《时代》文艺副刊，邀请被他折磨拷打过的温斯顿·史密斯担任主编，一切在朝着看似乐观的方向发展，甚至可以讨论如何排演《哈姆雷特》。因为"只要一个制度可以让《哈姆雷特》顺利公演，不会让观众在看戏的时候联想到自己悲惨的命运，这个制度就不再可怕"。然而，谁都知道还有更复杂的命运在等待着他们。从写奥勃良与斯坦雷在伦敦广播中宣布"大洋国崩溃了。英国诞生了。独裁灭亡，国家万岁！一切自由！"，直写到一个新的体制诞生，而斯坦雷被判处死刑。但这新的体制带给大家的仍是对"自由"的怀疑。

总而言之，这是在让我们思考：如果你打倒了你不满意的东西，那么接下来你不满意的是什么？要写这样的小说，似乎首先要考虑的是现实中的镜像是否成立，其次才是文学性。然而令人惊讶和欣慰的是，久尔吉做到了。并且可以说做得很出色，甚至有预见性。其中罗列的一些所谓街头革命"标语"，在如今看来，也并不过时，如：

做现实主义者，追求不可能！（一个学生）

穆罕默德，我想跟你睡觉！（一个曾经的性爱管理人员）

重新回到资本主义！（一个曾经的社会主义者）

重新回到社会主义！（一个曾经的资本主义者）

外国的万岁，国内的下台！（一个世界公民）

谁想找宽胯巨乳，思想革命的姑娘？我就是。我就站在对面副食店门口。（学经济的女孩）

你错了！（一个哲学家）

犹太人该为一切负责。（一个反犹分子）

我很寂寞，谁肯救救我？（一个士兵）

你在哪儿，列宁？你要还不露面，我就跟耶稣走了。（一个学生）

……

久尔吉的概念无非是：任何革命与自由都无法抵消人性的躁动。因为每个人都是有局限的个体，而体制无论如何强大无敌，终究是表象，所以我们真正要做的不仅是反抗体制和威权主义对人性的干涉，还应该注意到人性在体制（包括民主体制）内如何做到理性与克制。这才是走向"自由"的正道，是对自由最有效的诉求。当然，故事难以穷尽一切。

1985 年，那时正是中国当代艺术史的"85 新潮"（或 85 思潮）时期。一股最初从当代美术中爆发出的力量，直接影响了其他文艺领域，乃至对整个社会造成了持久的波动。这波动一直持续到 20 世纪 80 年代末。那是让包括我在内的这一代中国少年都铭心刻骨的一段历史。因为"85 思潮"时期，相对而言，可以说是近三十年来中国人最具有自由精神的时期（虽然环境未必如此），最起码，那时大家似乎都像久尔吉一样，看到了某种深刻的希望和令人燃烧的激情，看到了传统理想主义最后的闪光。可惜这种东西，到了 20 世纪 90 年代之后又被商业经济模式消磨了。大多数人都被物质需求、生存条件与经济压力所击垮，宛如青春的美学眨眼间被中年危机打得粉碎。人们在下海、信教、回家、出国与改行的岔路口分道扬镳，作鸟兽散，迷惘地扑向自己那宿命般的茫茫大化中去了。到如今，大多数人依然没有找到什么是真正的"自由"，而世界又回到了革命之前那种"全副武装式的和平时期"。

子夜读书时，多少人会在灯下自问：难道这就是我们要的吗？

赫胥黎曾言："完美越多，自由越少。"（《美丽新世界》）

而久尔吉则说："请你告诉自由的人们，他们其实并不自由。告诉他们，我们才是自由的"，因为"我们曾经自由过"。

无疑，人生若电光石火。一个人有所阅历，有所作为，不白活一场，便算是自由了。而我们是否又太迷信那些所谓传统文明、反偶像崇拜、乌托邦、革命、均贫富、人权、科学、民主与自由等太过于完美的词语和概念了呢？诚然，大浪淘沙，那朝代或制度之间的更迭变幻，其进步意义是不言而喻的。然究其人性的本质，以及历史中那些残忍的细节和无辜的死者们，再转头看看如今满太平洋的航母和各国军演，这"进步"之中，又有多少算是换汤不换药呢？所谓变革，或更像是《临济录》所言："师曰：何得剜肉作疮？林曰：海月澄无影，游鱼独自迷。"故除了用寓言的方式来讲述他们那迷惘的故事，这个问题已没有人能回答，也无须再回答了吧。

2012 年 3 月 19 日

第三约的诗学

吉皮乌斯《那一张张鲜活的面孔》中的俄罗斯思想

如果光明熄灭——我什么也看不见，

如果人是野兽——我恨他，

如果人不如野兽——我打死他，

如果我的俄罗斯完结了——我就死掉。

    这是 1989 年底，我第一次在译诗集《跨世纪抒情》上读到的俄罗斯东正教女诗人吉皮乌斯（1869—1945）的短诗。当时颇为难忘，如今似乎觉得有些麻木了。那本译诗集，囊括了俄罗斯白银时代所有最优秀诗人的代表作，为翻译家兼诗人荀红军所译，在当时读书人中影响很大，因其译文至今无人超越。

    二十多年过去了，我除了在托洛茨基《文学与革命》的开卷，读到过吉皮乌斯这个名字，或看到其他人翻译的《吉皮乌斯诗选》想起她，大多数时候，都把她淡忘了。大约因为我不太看好荀红军之后的俄语诗译者。倒是吉皮乌斯的丈夫，诗人、作家与神学家梅列日科夫斯基，因出了《基督与反基督》三卷本小说以及《但丁传》等，渐渐为

68

中国读者熟知。我们最初对吉皮乌斯的肤浅印象，都来自意识形态的批判，如说她"不接受十月革命，于是便流亡巴黎"，或如托洛茨基所讽刺的："吉皮乌斯用她那'永远挥动'的鞭子吓唬'人民'……一百年后的一位俄国革命史家可能会指出，一只钉靴怎样踩着了一个彼得堡贵妇抒情的小脚趾，这贵妇立即表明，在那层颓废、神秘、色情、宗教的外衣下隐藏着一个实在的私有制的女巫。正因为这种天然的巫术，齐纳依达·吉皮乌斯的诗才高出于其他一些更为完美、却是'中立的'亦即僵死的诗作。"

但这些都随着苏联的解体，显现出文学批评意义上的偏执。

直到最近，我才看到了吉皮乌斯的回忆录《那一张张鲜活的面孔》首译本。这"女巫"般诡异、伟大而清高的东正教女诗人，才再次以不得了的语言魔力，在我的面前迅速浮现。必须承认，这本书的运笔显然传了别林斯基或契诃夫那种俄罗斯人物素描风格，也继承了从《巴纳耶娃回忆录》到《往事与随想》的传统，完全可以和帕斯捷尔纳克的《人与事》或爱伦堡《人·岁月·生活》等并驾齐驱。吉皮乌斯对人、时代、战争、沙皇、城市、沙龙、革命与诗的认识，对宗教、人性与爱的自省，也都远远好于很多同类作品（如茨维塔耶娃的妹妹写的那本《自杀的女诗人》），可直逼茨维塔耶娃的《老皮缅处的宅子》。但吉皮乌斯与他们不同。她更具有教徒的冲动。这位"彼得堡的萨福"，几乎以"闪击波兰"的速度，将我带回到20世纪80年代那种读诗的少年时光。

我已有很久没有读到如此有亲切感的书了。说"亲切"都是词不达意。这本书很小，但很精，看几页，我就歇一会，似乎舍不得一下把它看完。

在书中，有太多人物又重新浮现。而这些人物，"就像'罗生门'

一般"（凌越语）在很多别的俄罗斯回忆录中也同样出现过，如肖斯塔科维奇《见证》中的戏剧家梅耶霍尔德，再如别尔嘉耶夫、布尔加科夫、索洛维约夫等。概而言之，整个俄罗斯白银时代的那群人，几乎个个都如此厉害，契诃夫、蒲宁、索尔仁尼琴、帕斯捷尔纳克、马雅可夫斯基、曼德尔施塔姆、勃洛克、巴别尔、扎米亚京、高尔基、巴乌斯托夫斯基、茨维塔耶娃、阿赫玛托娃、古米廖夫、叶赛宁、沃洛申、别雷、巴尔蒙特、赫列勃尼科夫、舍斯托夫、巴赫金……以及当时流亡出去，后来横扫世界文坛的纳博科夫等。当然也包括神学家兼作家梅列日科夫斯基与诗人吉皮乌斯这对夫妇。这还不包括音乐家、画家、戏剧家、演员、舞蹈家和电影导演们（也暂时不提左翼作家，如法捷耶夫、奥斯特洛夫斯基、左琴科、肖洛霍夫或绥拉菲莫维奇等，因实在太多了）。一般国家，类似的人物可能上百年才会出现一两个。而从 19 世纪末到 20 世纪 30 年代斯大林"大清洗"之间，短短几十年，俄罗斯一下子涌现出了几十个堪称第一流的作家、诗人、艺术家或思想家。他们人人都有各自的回忆，人人都有了不起的作品、独特的人格与作为，乃至悲惨或奇异的命运。这种因太阳黑子（革命）所引发的"文化潮汐效应"，几乎导致后来近百年俄罗斯文化的苍白虚脱。除了偶然还有个布罗茨基、沃兹涅先斯基或叶夫图申科之类（其实皆不可同日而语），仿佛所有伟大的精气、灵感和奥秘，都被当初那群天才们吸干了。

吉皮乌斯在第一篇写诗人勃洛克，兼谈别雷，抒情手法便已让我叹服不已。因我们对勃洛克的认识，曾经因官方对其长诗《十二个》的宣传而意识形态化。但吉皮乌斯写下了他们早期的相遇、对话与默契，带着彼得堡街道、灯光和风雪的气息，又写他们无声的秘密爱情，同时描写了勃洛克因赞美战争与政治，晚年陷入的矛盾、绝望和痛苦。勃洛克是先支持布尔什维克，然后感到后悔，并对自己的《十二个》深恶痛绝。他们的最后一面竟是在电车上偶遇。当读到勃洛克低下"一张瘦长、枯黄的脸"，请求亲吻吉皮乌斯的手时，真可令人想随他们大哭一场。

当年俄罗斯人内心中关于传统与革命的冲突，全和私人情感搅在一起，形成了时代特有的痛苦风景，就跟我们民国那帮人一样，甚至可以直接媲美我们的唐朝。

第二篇写象征主义诗人勃留索夫的"恋尸癖诗歌"、色情、欲望、在革命之后掌握了权力、冰冷的面孔，以及他与平庸的妻子雷打不动的厮守，当然还有跟随着他的"猴子"（指模仿者、诗人谢维里亚宁）。最重要的是，她还写到勃留索夫对曼德尔施塔姆的轻蔑，在动荡的岁月，诗人与诗人之间的"恶毒"，让人印象深刻。

说来也巧，就在我忽然读到吉皮乌斯这本书的前几天，因想起少年往事，且因怀念荀红军的译文以及读别尔嘉耶夫的书而写了一首短诗，题为《俄罗斯思想注》。这仿佛是在预言我即将看到此书。全诗如下：

邵康节曰："隋，晋之子也；唐，汉之弟也。"
如七十年代是晚清之子，而八十年代
则如民国之弟——因俄罗斯思想总让我们不分彼此

16岁时，我多么想用汉语重新诠释：
"生活啊，我的姐妹。"我多么想彻夜捧读
爱伦堡，听斯克里亚宾、鲍罗丁、拉赫玛尼诺夫……

在音乐学院的红墙下，与友人坐论勃洛克

在西单，在冬日颐和园结冰的湖畔

父亲告诉我：别尔嘉耶夫是个大好人

哦，鲍家街的鲁宾斯坦，一号楼琴房深夜的叮咚声

多么难忘，那点燃过槐花的《跨世纪抒情》

荀红军，你如今安在？我有许多伤心话要问你

但2012年的北京还不如1812年的莫斯科

诗本是一个人的兵法，却有那么多诗人爱扎堆

他们必然战败，在暴风雪中全军覆没

当然，我这首短诗不值一提，只是点个人情绪。《俄罗斯思想》本为俄国哲学家尼·别尔嘉耶夫的著作。而当时还有一个文学刊物，也叫《俄罗斯思想》，参与者便是勃留索夫和吉皮乌斯等。这本杂志在《那一张张鲜活的面孔》一书中多有提及。吉皮乌斯还曾将当时刚出道不久的曼德尔施塔姆的诗寄给勃留索夫，试图在《俄罗斯思想》上发表，却意外地遭到勃留索夫的拒绝。这显然是出于嫉妒或忌恨，如吉皮乌斯所言：勃留索夫拒绝的"口气是嘲弄的，漫不经心的，粗鲁的"，甚至说像曼德尔施塔姆"同样有才能的，甚至比他更有才能的小伙子，在莫斯科比比皆是。我奉劝此人不要投稿"，话说得很难听。吉皮乌斯真实地记录了这一历史。

当然他们谁也没料到，曼德尔施塔姆的发疯、被捕、集中营之死以及他所代表的阿克梅主义，后来会成为白银时代俄语诗歌的象征，而其他人却未做到。吉皮乌斯当时也只是觉得"这小伙子的诗还有点

东西"而已。

至于别尔嘉耶夫、布尔加科夫等宗教哲学家，自然都是吉皮乌斯与丈夫梅列日科夫斯基的神学同道。尽管列宁当初赶走了他们（"哲学船"事件），但从未让这些俄罗斯的灵魂人物离开俄罗斯人的思想。

第三篇写皇后、沙皇尼基与皇后的仆人安尼雅在革命前夕的生活，以及东正教"癫僧"与神秘主义宗教狂拉斯普庭的怪癖与"骗术"。拉斯普庭与皇后的暧昧关系，是对沙俄末期影响巨大的事件，作者通过与安尼雅的私交，了解到很多第一手材料。

第四篇写俄罗斯作家、政论家和哲学家洛扎诺夫在革命前后的遭遇，写到吉皮乌斯为了救他不得不给高尔基写信，请求高尔基关心洛扎诺夫时，尤其令人心碎。

第五篇写颓废派诗人索洛古勃的生活、姐姐之死、化装舞会、爱吃醋的作家妻子等，但主要还是谈他的诗。其中提到索洛古勃的一首关于"圆"的诗，真让我惊讶："你不在圆里，你整个在点中，而点容不下我……"吉皮乌斯认为索洛古勃是独一无二的，因为"每个人都是独一无二的，这就是一切。然而，恰好这个道理却没有谁真正懂得"。索洛古勃夫妇最终没能如吉皮乌斯一样流亡巴黎，而是沦陷在俄罗斯的审查与封闭中。索洛古勃的最后一封信告诉吉皮乌斯：他的妻子尼古拉耶夫娜，在"一个凄凉的秋夜，跳进了涅瓦河已经开始结冰的黑水中……直到第二年春天才找到她的尸体"。

到了第六篇，吉皮乌斯则回到了重新谈论托尔斯泰、契诃夫、屠格涅夫、陀思妥耶夫斯基等俄罗斯文学正殿中那些最伟大人物的思绪中。19世纪末的无数面孔依次出现，犹如同一根枝条上密集的桃花。当然，她也写到了中国读者不太熟悉的老一代俄罗斯诗人普列谢耶夫、波隆斯基与魏因伯格，以及自己的丈夫梅列日科夫斯基。尤其是比自己大四十岁的波隆斯基及他家的"星期五晚会"，那里常常聚集着当年的艺术家，如钢琴家安东·鲁宾斯坦、诗人明斯基和作家苏沃林等。而契诃夫，则被认为是一位"生下来四十岁，死时也四十岁"的没有时间与年龄的"正常作家"，甚至说契诃夫只能"像秋天的苍蝇一样在苏沃林身边移动"。有一年，吉皮乌斯夫妇与契诃夫、苏沃林等在意大利威尼斯相遇，大家便在一起旅游、住宿、喝酒、争论、通信、散步……对他们来说，全世界都是俄罗斯式的，而生活本身就是一场"星期五晚会"。

这本书最后，是几乎可以预料到的结局：去拜访托尔斯泰。当然，这又是一场充满幸福的麻雀叫声、俄罗斯乡村泥土气味的伯爵之家的盛宴……在此无法赘述了。

我比较认同吉皮乌斯在书中重复说过的一句话：

> 写活人也好，写死者也罢——都要说真话。写活人也好，写死者也罢——都要有所保留。对那些荒诞不经的真实，无论正面的还是反面的，要尽量回避。回避并非歪曲形象。但不要涉及"个人秘密"。"个人秘密"应该而且不管怎样都将永远是秘密。

吉皮乌斯也始终是本着这一宗旨，来写她的俄罗斯友人（或敌人）们的。而这种"伟大的节制"，正与基督教神学中"不可言说"的精神相契合，也和俄罗斯文学的良知、道义和语言的美学相契合。

1901 年，别尔嘉耶夫组织了一个宗教–哲学协会，吉皮乌斯夫妇都是参加者，创办有宗教杂志《新路》。他们的家也是彼得堡的文化中心之一，作为沙龙女主人，吉皮乌斯被称为"颓废派的圣母"或"穿裙子的俄罗斯路德"。吉皮乌斯的宗教观，将人类史分成三个阶段，第一阶段是《旧约》时代（圣父），第二阶段是《新约》时代（圣子），而第三阶段则是"圣灵"的阶段，或曰圣母时代，也就是所谓的"第三约"时代。到了第三阶段，人类的一切矛盾：性、奴役、革命、自由与爱恨情仇、无神论或神秘主义、诗或世俗等，都将得到解决。在俄罗斯诗歌史上，吉皮乌斯或许称得上最具宗教情感的女诗人，但"十月革命"那一声其实并未出现过的炮响（据俄罗斯新史学派研究，俄历1917年10月25日那天所谓的暴力革命、攻打冬宫等，实际上只算一场小规模政变。因为那天克伦斯基早已逃走，冬宫里空空如也。一小群士兵在宫殿走廊里乱走，顺手抓了几个官员而已。最后的统计数字是：十月革命实际逮捕18人，死亡仅2人）却将吉皮乌斯的宗教兼文学梦想击碎了。

　　窃以为，20世纪的中国，有三个阅读俄罗斯文学的高潮期：20年代、50年代和80年代。前两者都与"十月革命"的影响有关。唯独20世纪80年代，中国作家或诗人们对俄罗斯白银时代作品的热衷，是另一种对意识形态的反省，是哀怨，是怀旧，是极端的抒情行为，也可以说是某种"为了告别的聚会"，仿佛大家已预感到这一切即将凋零。这一年代宛如一场汉语新诗的"第三约"阶段，为那一代文人缓冲理想主义价值观的崩溃，批判商业与量化的未来，乃至反讽自己的人生，都起到了定海神针的作用。如今，当俄罗斯思想与激荡的诗歌往事全面退潮后，唯有20世纪80年代的回忆能留下来。时间把我们所有的人都变成了吉皮乌斯。而回忆便是圣灵，是诗，是关于世间矛盾的解决。从这个角度来说，吉皮乌斯的这本迟到的书，也是一则不得不读的幽美注释。

2012年5月28日

文学利维坦 波拉尼奥《2666》的"巨鲸"结构主义

放下860来页的《2666》，我长吁了一口气。很显然，用几千字来谈这本书是不可能的。因为其中涉及的符号太多了。波拉尼奥十年写作十部小说，毫无疑问都标记着他的天才，而其对"长篇巨制"——这一在后现代时期几乎已经濒临灭绝的体裁之再梳理，使很多作家都不得不因自己的狭隘而羞愧。

因此书内容庞杂，在谈书的意义之前，我们先来看一下书的结构。

这是由五个部分构成的一部大书，但是叙述的方式基本一致：按段落处理，每一个情节、观点或故事用一个独立的段落表现。一共有几千个段落，最后浑然拼贴为一体，像是美国艺术家大卫·霍克尼的摄影作品。

书的第一部，讲述四位（三男一女）研究刚获得诺奖提名的作家阿琴波尔迪的学者，因学术或聚会而认识，从而变成了多角恋关系。作者通过描写他们的性、文学与私生活，展现出存在主义显而易见的处世态度和中产阶级性观念上的审慎魅力与虚伪，并反讽了文学界的猥琐。故事最后，这四位学者来到了圣特莱莎，寻找阿琴波尔迪，但一无所获，于是分道扬镳，唯一的收获是"阿琴波尔迪就在这座城市"或"就在离我们不远的地方"。波拉尼奥的叙述显得很冷漠，在讲到他们做爱时，也是用"性交一小时"或"性交时间不超过三小时"之类的话一笔带过，不写任何细节。不过，刚看完第一部时，便立刻意识到此书与媒体说的什么"超越《百年孤独》"或"21世纪最伟大的西语小说"之类完全不相关。这书并非魔幻现实主义，做这种比较毫无意义。中国人搞什么都喜欢比较高低，但苹果和鸭梨孰是孰非？

第二部主要讲述的是住在圣特莱莎的哲学教授阿玛尔菲塔诺忧伤的人生与家庭。其中最吸引人的自然是他的妻子劳拉。劳拉对爱的绝望、离家出走，对疯人院的诗人、同性恋与异端性行为的疯癫"向往"（如果可以用这个词的话），包括在患艾滋病之后的情绪，都像极了《阿甘正传》里的珍妮·库伦。这一部分还杜撰了一本叫《几何学遗嘱》的书，阿玛尔菲塔诺将书挂在晾衣绳上，只为看在它风雨中的变化。而该书真正让我觉得大手笔的，则是第二部结尾关于叶利钦的梦。

我们暂且引用一段来看：

这位智利教授梦见自己看到了20世纪最后一个共产主义哲学家出现在一座玫瑰色大理石的院子里。哲学家说的是俄语。确切地说，他是在用俄语唱歌，肥大的身躯向前移动，走S形，目标是一个深红色、有条纹的陶瓷组合体，它耸立在院子的地面上，好像火山口或粪坑。……他凭直觉感到歌声凄凉之极，是伏尔加河上一个牧牛人的故事或怨言。他整夜航行在河上，借助月亮哀叹人类生生死死的悲惨命运。当那位共产主义哲学家终于走到火山口或粪坑前时，阿玛尔菲塔诺惊恐地发现那人正是叶利钦。难道叶利钦是共产主义最后一位哲学家吗？……叶利钦说：同志，请注意听我讲话！我来给你讲讲什么是人类桌子的第三条腿。我来解释。以后你就别打搅我了。生活就是求和供，或者供和求。一切仅限于此，但仅仅这样是没法生活的。还需要第三条腿，免得桌子倾倒在历史的垃圾堆里，历史则不断倾倒在虚空的垃圾堆里。那么，请记住，公式是这样的：供+求+魔力。什么是魔力呢？魔力就是史诗，就是性，就是希腊酒神的迷雾，就是游戏。随后，叶利钦在火山口或粪坑边坐下，让阿玛尔菲塔诺看着他缺少的手指头，给他讲自己的童年生活，讲乌拉尔山和西伯利亚，讲一只游走在一望无际雪原上的白虎。接着，叶利钦从衣袋里掏出一瓶酒，说道：

"我认为应该来一口伏特加了。"

……随后，叶利钦被有红色条纹的火山口或有红色条纹的粪坑所吞没；剩下阿玛尔菲塔诺一人，他不敢看火山口或粪坑，没有别的办法只好醒过来。

第三部一开头便说美国黑人记者法特的母亲死了，很显然是加缪的《局外人》的方式。法特因工作被派遣到圣特莱莎，并与阿玛尔菲塔诺的女儿罗莎相识，而此刻到处都在谈论关于边境城市出现多起妇女被杀、强奸与抛尸等案件的事。但法特就是一个局外人，他根本不可能靠近这些犯罪现场和事件中心。

第四部分，是全书篇幅最大的一部分，几乎全是关于圣特莱莎妇女连环被杀案的反复罗列。从1993年到1997年间，先后有大约一百多名女子被先奸后杀。她们的年龄和职业各种各样，而尸体都被抛弃或"阴道与肛门都被强奸过"等。凶手不知道是谁。警察在迷惘与鬼混中徘徊，根本无法破案。最后，连对色情与暴力充满好奇的读者，都会对那些变着花样反复出现的女尸感到麻木（我们在生活中又何尝不是这样开始麻木的）。或许，波拉尼奥也想在严肃小说中找到具有商业模式的东西，并将自爱伦·坡、柯南·道尔到艾柯等的宗教犯罪与悬念传统杂糅进来。但由于这方面的作品太多，我记忆最深的并不是妇女被杀时各种血腥和恐怖的描述，而是那个总是秘密地在教堂撒尿、"膀胱很大"并有"渎圣癖"的怪人。

第五部分，终于言归正传，开始讲述本书的第一人物德国作家阿琴波尔迪（原名汉斯·赖特尔）的一生。开篇从他的父亲因参加过战争瘸了腿讲起，还有他的独眼母亲。汉斯的个子很高，如"一条长颈鹿鱼"，他从早年起便开始迷恋一本叫《欧洲沿海地区的动植物》的书，然后纳粹上台，宣传队进了他的村子。在国家社会主义的感召下，他应征入伍，参军打仗时也随身携带此书。他在战争中有过古怪的体验：在前线冲锋，在海边潜水，打算开小差、做梦、去流浪或者去隐居种地；他随军穿越波兰、罗马尼亚或苏联，在前线九死一生，与党卫军长官谈文学与艺术，获得过纳粹铁十字勋章。波拉尼奥用几近残酷的冷静语调讲述了大兵汉斯早年从军的图景，关于性的描写逐渐放开，如偷窥、手淫，但与情人做爱依然被称为"天天性交"。波拉尼奥关于苏联红军文青鲍里斯（这个名字与这一部分的故事，实在太容易让人联想起鲍里斯·帕斯捷尔纳克）一生的描述，以及伊万诺夫之死，几乎就是俄罗斯白银时代作家的文笔。难怪卡尔维诺曾说："《日瓦戈医生》就像哈姆雷特父亲的鬼魂，时常会回来打扰我们。"波拉尼奥也不例外。只不过他笔下的俄罗斯人物与情境，更多一些关于性与肉欲的细节。战后，汉斯成为笔名阿琴波尔迪的作家，出版小说若干，并漫游世界（包括在互联网上）。他与情人英格博格的二人世界，也像极了日瓦戈与拉拉。然后，波拉尼奥又讲述了阿琴波尔迪的妹妹洛特的遭遇——她如何在一本书中发现作者即失散多年的哥哥汉斯，以及她与墨西哥那座城市中的连环杀人案有怎样的关系……而此刻，八十多岁的阿琴波尔迪已在威尼斯隐居，成了一个花匠，他的作品被译为十二种语言出版，产生了广泛影响。可以说，整个第五部分，波拉尼奥纯熟地运用了传统小说的叙事逻辑，按照类似君特·格拉斯或海因里希·伯尔的方式讲述战时一代欧洲青年的精神履历。

最终，如波拉尼奥所说："世界的秘密就在圣特莱莎。"

但这秘密是什么？是书名"2666"吗？波拉尼奥完全没说。是否就像奥威尔的"1984"或好莱坞的"2012"，仅仅是一个象征？波拉尼奥的死，把他自己也变得像荒野侦探一般，将这种对世界的预言式判断，永远带入了不可知的黑暗中。

当然你可以解释成：我们每个人都是 2666 的人。

一部作品只要把握了人性的极致，那便怎么分析都可以自圆其说了。

在这公路片一样的群像戏剧中，到底谁是一切的始作俑者（或罪行的凶犯）已经不重要了。如第三部末尾所形容的：

> 公路就像一条河流。法特想：这是那个杀人嫌疑犯说的。就是那个跟乌云一道出现的浑蛋患白化病的巨人。

波拉尼奥不仅要创作一本巨著，他自己也想当一个文学巨人。他在书中对西方文学家、艺术家及很多著作的广泛运用，令人想起索尔·贝娄的《洪堡的礼物》，而在描述上百个人物的复杂人性方面，包括由于战争、性或犯罪而导致的怪癖与残缺，则毫无疑问受到法国作家塞利纳的影响（当然这是我个人的理解）。因为他的行文风格，以及对所有人所赋予的"群丑"气质，都像极了《茫茫黑夜漫游》中关于战后的全景式人物传记。另外，波拉尼奥也很像托马斯·品钦，善于将世界性问题杂糅进自己的故事，而且笔法也比略萨等人更吸引人。

但波拉尼奥首先是个拉丁美洲的左翼诗人。20岁时，他因投身于智利革命与社会主义运动，差点死在皮诺切特的监狱。他40岁才开始写小说，50岁便死于肝功能损坏。除了十部长篇小说，包括《荒野侦探》（也是一部杰作）与《护身符》等，他还写有三本诗集和几本短篇小说集，数量惊人。正如阿琴波尔迪所言："任何诗，无论什么风格，都可以包括在长篇小说里。"

此书的五个部分，都可以独立存在。据出版人说，波拉尼奥生前本打算分开出版，以便用持续的版税支付他儿女们未来的生活费。但出版者最终还是选择了一次性出版全书，因为这是一部不好分割的结构主义作品。这种类似"巨鲸"一样的长篇小说规模，自俄罗斯文学式微之后，刻意去运用的作家并不太多。因为当代人很少有时间和精力，坐下来读冗长得如陀思妥耶夫斯基或索尔仁尼琴式作品的大部头书。但波拉尼奥似乎在挑战这种篇幅。他要在有生之年完成一个人式的意大利文艺复兴。为此，他不惜利用从新小说、推理小说到结构主义小说的全部创作手法，只为表达他所看到的世界之罪。可以说，这本书的主题就是当代人的罪。尤其在第四部分"罪行"中对妇女被杀案例的堆积，也几乎可以用英哲霍布斯在《利维坦》中的话来印证："一切罪行都是来源于理解上的某些缺陷，推理上的某些错误，或是某种感情暴发。理解上的缺陷称为无知，推理上的缺陷则称为谬见。"

利维坦（Leviathan）本是《圣经》中的第一海怪，通常被解释为巨鲸的样子，据说是耶和华创造的最大的兽，而且是一头母兽，字意本为"裂缝"。

当然，17 世纪的霍布斯主要是谈的国家利维坦（神权政治与国家机器）下，人所面临的恐惧和罪行，而波拉尼奥所创作的则是一种"文学利维坦"——用上千个短小故事（段落）构成的一头叙事的神秘怪物（也是以女性为主）。这种散点结构，就如中国园林，每次转弯便有一处风景，曲径通幽，千姿百态，为波拉尼奥营造了一种可以涵盖 20 世纪众多景观的环境。于是，我们在他书中通过波浪起伏的叙事，看到了诸如政治家、女作家、贩毒者、母亲、女乞丐、妓女、出租车司机、军曹、东欧社会主义国家的解体、二战、十月革命、斯大林的"大清洗"、犹太人村落、犯罪、遗民问题、变态艺术家、诗人、艾滋病患者、纳粹冲锋队队长兼美学家、基督教的没落、中产阶级性道德、滥交、民主、流浪者、女男爵、女众议员或女院长……可以说，这种肉体敏感而灵魂迷惘的生存状态，越过了战争岁月、集权体制与私生活的旋涡，让我们万劫不复。也正是它导致了一切政治异端与生态破坏，它即万恶之源（正如裂缝）。至于所谓的阿琴波尔迪、阿玛尔菲塔诺、法特、凶犯、警察或文学评论家们，都不过是噱头，是表象。

面对形象瘦弱、忧郁如东方文人般的波拉尼奥，我们在对其扛鼎之作《2666》下判断时是应该异常谨慎的。若这本书仅通读一遍，很难窥见其堂奥。我在阅读中也是颠三倒四，穿插读、跳跃读或反复读，有时依然为其制造的迷宫感到眩晕。就其黑暗、纠结与哀伤的语气和利维坦一般的结构，我相信其中凝聚了当代西方知识分子最深切的痛楚和绝望，除了写作本身，恐怕还没有什么能够化解。

2012 年 1 月 20 日 北京

巨著的鬼魂

生活又无缘无故地回来，
就像当年中断得那样奇怪。
我又来到这条古老的街上，
就像那个夏日里那时候一样。

还是这些人，这些操心事，
自从那个死亡的黄昏
匆匆将落日钉在曼涅日广场上，
至今落日的火焰没有冷却。

——鲍·帕斯捷尔纳克《日瓦戈医生》

前不久买到了等待多年的法国作曲家莫里斯·贾尔（Maurice Jarre）的《日瓦戈医生》电影原声碟。音乐不仅把我带回到 15 年前看

83

这部电影的回忆中，更把我带到 20 年前阅读小说《日瓦戈医生》的回忆中。电影是大卫·里恩（David Lean）拍的，虽然美国人并不能真正理解近代俄罗斯思想和文学，但后来也没有人再拍。此片尽管离伟大的原著很远，几乎被爱情故事化了，但无论如何也可以算得上一部伟大的电影。不喜欢它的人只有两种：对 20 世纪初俄罗斯那段惨烈的血色历史与诗歌不感兴趣或不懂的，以及对所谓"宏大叙事"题材不感冒，或觉得累的。

《日瓦戈医生》这本书原名叫《男孩子与女孩子》。20 世纪俄罗斯小说中，大约只有《古拉格群岛》可以和它相提并论。而它的影响，正如卡尔维诺在《帕斯捷尔纳克与革命》一文中说的：虽然已经到了 20 世纪中途，但《日瓦戈医生》所代表的俄罗斯 19 世纪伟大小说的传统，"像哈姆雷特父亲的鬼魂一样回来打扰我们了"。

抛开帕斯捷尔纳克个人的阅历或诗歌成就不谈，这本书本身就是罕见的、诗化的、百科全书式的写作标本。随便翻开一页，其中的句子都会让你有所思考。它是《圣经》的写法，把俄罗斯在 20 世纪被颠覆与异化的前后过程，演化成了一部抒情的、一个医生兼诗人的，以及一个艺术化民族的"出埃及记"。在斯大林大清洗中，日瓦戈以对大自然的爱、对女性美的迷恋与诗歌以及他的宗教良心，让苏联那片"红海"从中间分开了。他，以及作者本人，甚至当时的整个俄罗斯民族，都是依靠着自己天生的对艺术与生活的纯粹的爱走出了绝境。至于那些穿插在中间的散文，作者本人对音乐、绘画、医学、基督教、战争、爱情、婚姻，对沙皇制度与革命，对共产主义时期的灾难与俄罗斯田野的理解，以及最后附录的诗集，也都代表着帕斯捷尔纳克个人的最高境界。

正因为如此，这本书我从 17 岁的时候就开始一直反复阅读。我决心也要写这样一本以中国为背景的书，同时也是"人"的书。这需要一生的阅历、经验积累、语言操练和不被世俗磨灭的锐气，现在还远远不是时候。帕斯捷尔纳克本人是个女性崇拜者，出生于艺术家庭，父亲是画家，母亲是钢琴家，他曾师从斯克里亚宾学了6年钢琴，兼修作曲、绘画和哲学，也是一个杂家。虽然在斯大林面前他不得不低声下气，甚至无力营救死于集中营的曼德尔施塔姆，并被迫拒绝了诺贝尔文学奖，郁郁而终，但大师仍是大师，任何现世的摧残和批判，都不可能影响小说《日瓦戈医生》的永恒存在。记得20年前我曾和朋友争论，说帕斯捷尔纳克书是好，但在曼德尔施塔姆的问题上他毕竟畏缩了，是个懦夫等等。我太片面了，因为那时候我太小，很多东西当时都还不懂。这样说其实很不公平。因为像那样年纪的一个人，哪怕是在普通年代的普通人，也已经不能完全为自己而活了。身边需要你负责的亲人、朋友和爱人太多，你已经不能完全是你自己的了。英雄好当，但那会让多少无辜者人头落地！何况，那是在什么年代啊！太难了。

小说中，日瓦戈的情人拉里莎是真正的诗人，虽然她不写诗，但这个女人身上融合了帕斯捷尔纳克对所有俄罗斯白银时代女诗人的理想人格的幻想，她多情、激烈、大胆、高贵而且充满艺术气质。而日瓦戈的妻子冬妮娅则是个东方的贤妻良母。安季波夫在雪地里开枪自杀那一幕，我印象非常深刻。记得帕斯捷尔纳克说：由于太冷，血浆和白雪融到了一起，就像上了冻的山梨果……

还有日瓦戈一家因战争与革命隐居回老家瓦雷金诺，这太容易让中国人想起古代那些士大夫官僚，当遭遇变故时解甲归田、退隐山林的行为。帕斯捷尔纳克对大自然的描绘，丝毫不比魏晋人物逊色。

打开书，第一章的整个八段，都是第一流的散文。

书的后半部分夹抄的所谓日瓦戈的"日记"，也都是很好的随笔。

这些与附在整部书最后的 25 首诗，基本都是用类似《旧约》包容"诗篇"与"箴言"的那种形式来写作的。

在 20 世纪中叶，乃至今天，这部准古典主义式的长篇小说，依然显得如此后现代，如此难以超越，如此伟大，这就是"巨著的鬼魂"。相比索尔仁尼琴的作品，帕斯捷尔纳克带有更多的文学性、诗性和大量的类似 19 世纪俄罗斯抒情小说的幽雅、壮美和生活中密集的爱。他是文学中的柴可夫斯基或肖斯塔科维奇，而在笔法上，则是真正继承了契诃夫、屠格涅夫和托尔斯泰三种传统的。帕斯捷尔纳克没有陀思妥耶夫斯基那种雕琢的恶德和对原罪的炫耀，也巧妙地回避了果戈理式的过度忧郁，而是将自己在诗歌中的纯、素与早期共产主义思潮中（革命的文学本质）对文学与艺术本身的刺激有效地扩张了，成了一本让同代人难以望其项背的大书。

这本书中文版有四个版本，最早的一个是内部参考读物，第二个是 20 世纪 80 年代蓝英年译的，第三个是力冈、冀刚译的，还有一个是台湾翻译的《齐瓦格医生》。我个人觉得第二与第三个译得最好。

中国近代也是一片大混乱，有着无数的悲剧和太多值得写的东西。但是中国作家没有产生出这样一本大书。

究其原因，不是中国作家不会讲故事，而是知识与博学不能融会贯通，甚至很多会讲故事的作家知识结构太单调，对文学外的艺术修养基本等于零。自古以来，一个作家需要知道、做到和用到甚至身体力行的东西，必须千万倍于旁人。很多学识可能研究了多年，最后在书中只能用上一个小段落，而就这一个小段落，却也是全书结构不可分割的一部分。故事的本质是简单的。但是一本伟大的书不仅仅是讲故事，它需要大海一样的智慧和辽阔的细节，而你的平生所学全部都要充斥其中，混一而无痕迹，就好像大海里的盐。

当然，这些是我的理解。话说回来，一本大书的成熟往往都是天意，作者本人也无法把握。他只是个过滤器。如《史记》或《红楼梦》都是这样的天才手笔。再多的知识经验也要由天才的手来整理、修剪和夸张。记得在电影《日瓦戈医生》的结尾，战争结束后，日瓦戈的弟弟站在高处，朝刚找到的日瓦戈与拉里莎的女儿塔尼娅（正背着一把三弦琴准备离开）问道：

"你会弹三弦琴吗？"

塔尼娅身边的同伴回答道："会弹，她可是个艺术家呢。"

"艺术家？是谁教的？"

"没人教，她本来就会。"

"哦……那就是天赋。"

但天才的书也需要懂得天才的人去阅读或误读，否则没有意义。尽管电影《日瓦戈医生》1965年在美国上映时，观众排着长龙去看，而且它拿下了当年几乎全部的奥斯卡各项大奖，但是不喜欢、不懂得《日瓦戈医生》这部小说，甚至连这影片也不爱看的也大有人在。这没办法，也不需要解释，尤其是以现在的生活节奏，谁还会去看全片摄影像列维坦、希施金或马奈的画一般，充满着早期印象派风景色彩而题材又那么沉重的东西呢？每年光是玩视觉革命的片子都还看不过来呢。所以，《日瓦戈医生》的终极意义还是要依赖小说原著。而大多数人对这书可能早就耳熟能详，但真正仔细阅读过的并不多。很多人把它当成名著买来，翻一下，就搁在了书架的冷宫里。

现代人都是焦虑与浮躁的（现在全文充斥着什么后现代、生殖器比喻和口水的诗，几乎占领了所有抒情诗人的计算机。今天的少年诗人们谁还不会写几句暴力、漆黑、腐烂和叛逆的废话诗呢？），甚至对最好的书，一旦太厚，现代人也缺乏耐心。大家只关心那些能立刻解决问题，或者立刻引起兴趣的文字。油炸食品吃多了，谁还能等得及药膳？但只要这个世界还有人真正爱诗歌，就会爱这本书，爱这种由一个诗人用全部生命和时间一字一句写下的，和大自然一起生长的艺术作品，而且尊重与崇拜它的价值。也许它以后不会再像冷战时期那样忽然吸引全世界千百万人的注意了，因为它已经成了一个符号。它将永远吸引全人类的注意，已不愿再和我们今天这些尘土般短暂的生命计较了。

2007 年 9 月，北京

图谱、激情
与泛萨德连锁记忆

关于布林德尔《新音乐：1945年以来的先锋派》之短札

现在是否真到了居伊·德波所谓"景观社会"（The Society of the Spectacle）？是否真到了拜物教、商品积压和靠提前透支多余文化价值来赢得魅力的先验主义时代？

前不久，友人说现在音乐学院作曲考核时，考官几乎不听作品，而是先看被考者所写的乐谱是否"漂亮"。这"漂亮"的定义，大概是音符的多寡，以及是否有图像感。其实这种考核方式也并非完全不可理解，只要你看过 20 世纪很多先锋作曲家的乐谱，如英人史密斯·布林德尔在《新音乐：1945 年以来的先锋派》中的乐谱插图，有布索尼《萨德的激情》（*La Passion selon Sade*）、恩格勒特《定音鼓咏叹调》（*Aria for Timpani*）、莱文《插曲》（*Parentheses*）、斯托克豪森《孔塔科特》（*Kontakte*）与洛戈泰蒂斯《凝集》（*Agglomeration*）等等，这些乐谱基本靠符号和图像构成。听变成次要的。音乐（或一切抒情的噪音）尚未曾响起，图谱的绚丽已足够撩人。

当然，任何机遇音乐、偶然音效组合游戏、即兴或符号化的艺术手法，事实上并不能暗中取代世俗音乐的影响。

现代人（现代性）对音乐的感知途径，早已不是单一的听觉。

很多时候，人们对音乐的景观性需求，已远远超过了对它的乐律性需求。这一点，几与中国礼乐传统中音乐作为祭祀工具的性质接近了。

声音的确是"可观的"（如佛教之"观世音"）吗？当声波被记录为图谱时，它只是物理声学上的样子。但如果说声音（包括噪音）可以预言政治，预测海底鱼雷的射程路线，影响革命、资本、情境奇观、考古勘探、胎教、表演、治疗精神疾病，甚至声波还可以用来给伤口止血时，这种可观性就具体化了。

在超市、咖啡厅、体育场或公司典礼上，大多数音乐的出现仅是为了陪衬。这种把第一艺术主体模糊化的做法，在19世纪以前是很难想象的（宫廷除外）。二战时期，苏德两边的士兵都曾在战壕内用喇叭播放自己的音乐：德军放瓦格纳，苏军则放肖斯塔科维奇。即便战争犹在，音乐也并非客体，而是代表着意识形态的差异、文化的尊严和士兵们的记忆，甚至可以代表面对生死存亡之际，人在最终时刻的审美癖。但和平与商业化时期，残酷的事件没有了，音乐反而成了象征社会事件的替代品。这是为什么？

如拉赫玛尼诺夫在过去（包括我们的少年时代）曾具有排山倒海的社会感染力，为何现在只能被边缘化，到了学院、音乐厅和自家的CD机中呢？

激情本质是非常私人化的东西。两个人之间已经很难说清，何况大众？

尽管雨水为全世界而下，但"不要做一个在下雨时都不曾光脚在雨水里走过的人"。巴乌斯托夫斯基曾如此说过。而当人们处于景观社会中，大众是不理解个人对雨水之激情的。

因为激情（如传统音乐）依赖的是记忆，而景观不依赖记忆。正如一曲音乐作品的构成，要依赖人的听觉记忆和一定时间内的倾听。但一幅画则基本上可在瞬间大致尽收眼底，剩下的时间用来寻觅细节。在细节中，人才逐渐有了新的感受。

然而这本质上属于"修饰余音"。景观社会的时间是一种连锁反应，像语言。

音乐属于非语言范畴——而且我始终认为，语言并非是人类表达的最高形式。若论表达，音乐、幻想与行为都要更纯粹。景观则属于次语言范畴，因为它需要被诠释。语言的存在，靠的是叙事的虚构、误读的荒谬、结构的歪曲、文字的重叠和翻译的巧合，它是我们的思维惯性。当我们看电视时，听到新闻里说萨德导弹防御系统（本为 Terminal High Altitude Area Defense 的缩写 THAAD，汉语则意外地音译为"萨德"），脑中的反应就会有多个层次与巧合。虽然此萨德非彼萨德（Sade），可对于读书人而言，无疑会立刻联想到 18 世纪那位法国色情作家萨德侯爵及其作品，或者想起布索尼的《萨德的激情》，而熟悉爵士乐与流行歌曲的人，则无疑还会想起那位英国籍尼日利亚女歌手 Sade（一度译为萨黛）和她那些充满迷幻的作品。由此，是否还会想起居伊·德波的名句"萨德侯爵长着少女的眼睛，美丽得足以摧毁桥梁"，还有他的《为萨德疾呼》以及西蒙娜·德·波伏娃的《要焚毁萨德吗》，想到帕索里尼或菲利普·考夫曼关于萨德的电影以及居伊·德波如何"反对电影"？再往下想，美国的这个影响全球政治格局的反弹道导弹系统，本来与性无关，因为汉译误用"萨德"二字，却又能与后现代作家托马斯·品钦在小说《万有引力之虹》中虚构的象征不谋而合：每次德军导弹的落点，都是主人公斯洛索普和女人发生性关系的地点。斯洛索普把自己唐璜生涯的地点用星星贴纸标在地

91

图上，其规模与位置同德军导弹历次轰炸的目标完全吻合。尽管导弹并非什么性器……

啊，这时，楼上邻居开始装修，电钻轰鸣，一只苍蝇飞过茶几，猫在叫，大街上传来汽车喇叭声，孩子在练钢琴，新的噪音与头疼会将我推向下一个旧的记忆。所有这一切连锁反应形成了一波又一波的脑活动，就像被微缩在意念中的小景观社会。最后，形成飘浮的思维意识，即我们平日大多数时候的"念头"。这也是最真实的语言。尽管我们并不会每次都表达出来。不幸的是，这些碎片总是在默默地冲散我们的激情，让我们陷入过度信息化的迷惘之中。而所幸的是，我们也肯定不会就此认输。正如居伊·德波所言："一个人应该充满激情，否则就什么都不是。"

2016 年 9 月 18 日

惜物华 关于沈起予译本卢梭之《忏悔录》随记

闲庭信步，偶然购得民国三十七年（1948）上海作家书店版卢梭（时译卢骚）《忏悔录》，竖排繁体，书脊有破损，但其他皆完好。此书共 546 页，颇厚。封面书名之血红底色与大字，看上去都是很令人怀旧的。而发行人与编者，则是近现代一位特殊的学者姚蓬子先生（姚文元之父）。封面还有两个印：其一为"王炼藏书"印，王炼是毛泽东时代的电影及话剧编剧，曾与郑君里和桑弧等导演合作创作过《枯木逢春》及《魔术师的奇遇》等电影；其二为"恕不外借，麟伯"印。麟伯是谁？一时查不到。有可能是歙州制墨名家曹素功的十一世孙曹裕衡（字麟伯），但不敢确定。无论是不是，此人肯定也是有藏书癖或极爱书之人。否则，一般表示不想借书也就罢了，怎么还会把"恕不外借"刻成印章，堂而皇之钤于封面之上？这也是颇具古风的事，甚至让我想起晋人杜预训子之趣言："有书借人为可嗤，借书送还亦可嗤。"

当然，最值得一提的还是译者沈起予。因我们这一代人最初读此书，一般都是读 1980 年人民文学出版社的通行本，分两部，译者黎星先生；或 1982 年版，为范希衡（北宋范仲淹二十九世孙）、黎星二先生同译。但是译文的感觉是截然不同的。沈译本要优雅一些，而黎、范译本虽修辞接近我们现在的口语，但略显随意。不过，沈起予的翻译只到上卷（第一部）为止。

尽管如此，从汉语角度而言，沈译本虽显晦涩，却仍是具有民国中期白话文魅力的汉语。如第一、二段文字，我们可同后来人民文学出版社黎星所译通行本，略作对比。

沈起予译文：

我起一个前无类例，后无效尤者的企图。我想对同胞们指示出一个自然的完全真实的人，而这人就是我。

只有我。我感到我的心，也认识人。我毫不是如我所见的那些人那样，我敢于相信我不似其他生存的任何人。纵说我不见得更有价值，但至少我是特色的。自然将那把我所嵌进的铸型加以打破，这是好是坏，只有读过我这部书后，人们才能加以判断。

黎星译文：

我现在要做一项既无先例、将来也不会有人仿效的艰巨工作。我要把一个人的真实面目赤裸裸地揭露在世人面前。这个人就是我。

只有我是这样的人。我深知自己的内心，也了解别人。我生来便和我所见到的任何人都不同；甚至于我敢自信全世界也找不到一个生来像我这样的人。虽然我不比别人好，至少和他们不一样。大自然塑造了我，然后把模子打碎了，打碎了模子究竟好不好，只有读了我这本书以后才能评定。

两种译本的第一页注释也不同。沈译本并未注明这是第一部第一章，而是写的"上卷，第一部"，并有"一七一二——一七一九"这个日期，他为整个第一、二段的文字加了注释："按此语系由亚里阿斯多之'自然创造了他，然后又将其铸型打破'一语而来。"

黎星译本第一章起首，则是一行拉丁语诗作为题记，也加了注释，说此诗是卢梭从古罗马讽刺诗人波尔第的一句诗里摘引来的，意思是"深入肺腑和深入肌肤"云云。

沈起予（1903—1970）先生是四川巴县人，民国时期毕业于日本京都帝国大学，但主修的应该是法语。他于 1927 年大革命时期回国入创造社，后入"左联"，20 世纪 30 年代曾与郑振铎、茅盾、叶圣陶、艾芜等人一起在上海发起"中国文艺家协会"，并任《光明》半月刊主编，20 世纪 50 年代因患重病停笔，1970 年去世。这期间是否曾受到迫害，暂不得而知。沈起予还翻译过弗里契《欧洲文学发展史》、左拉《酒场》、罗曼·罗兰《狼群》和泰勒（后译丹纳）《艺术哲学》等书，而其汉语修养无疑还是属于晚清辛亥一代，他的炼字功力和对词语的选择，都具有后来译者缺乏的精绝。其妻李兰也是翻译家，即马克·吐温《夏娃日记》的第一位汉译者。可惜，沈起予的《忏悔录》译本，在 20 世纪 60 年代以后便很少有人再读到了。或许是因此译本未再版，但这是否也因编者为姚蓬子，出版社或审查想避嫌？姚蓬子曾在 1955 年卷入潘汉年案入狱，又在 20 世纪 60 年代初期因其子得势而沾光，死于 1969 年。20 世纪 70 年代以后，与姚家有关的文化产品，自然是被雪藏，如当年红极一时的著名刊物《朝霞》等（后来有人还把尼采的名作《曙光》也译为《朝霞》，亦颇令人对超人哲学之隐喻产生联想），沈译本《忏悔录》大约也在这个范畴之内吧。卢梭言"人生而自由，却无往不在枷锁之中"，书又何尝不是？写自由的书，往往最不自由。哪怕是一本完全与译者无关的书。

沈起予的《忏悔录》虽只有第一部，但在民国时期或20世纪四五十年代，大约很多人也当作全书来看吧。

犹记放翁《春晚》诗云："正见山陂草木芽，狂风忽扫万枝花。病怀久已忘春事，老眼犹能惜物华。"窃以为，读旧书之美，亦如"惜物华"。这也并非什么世俗意义上的教化，只是一种文化本能。尤其当一场大的浩劫过后，狂风忽扫，所剩无几。麟伯那枚强调"恕不外借"的藏书印，料想也是此番滋味吧。书如此，语言也一样。沈起予虽是左翼作家，倡导"革命文学"，或亦是夏济安借鲁迅所言"黑暗的闸门"中之人，但他出生于清朝，幼年也一定受过传统私塾或古典汉语教育。其书则与柔石、蒋光慈、萧红等人的一样，是民国白话文之一部分，其译文多有今人所不及之处。他也曾留学日本，一定知道东瀛人从不盲目破坏旧物，无论好坏（同时并不耽误先锋、革命或现代化）。缺此惜物精神的民族，最后往往会搞得新东西没做好，旧本事也丢了。即便读书这样的静事，若不会"惜物华"，那对新的作品也不会有真正淳厚的爱。

最后值得一提的，便是沈译本《忏悔录》扉页上，还影印有一篇《卢骚发明的数字简谱法》。众所周知，用阿拉伯数字作为音乐记谱法，最初来自17世纪法国天主教圣方济各修士 J.J. 苏艾蒂，到18世纪后被卢梭加以改进和推广，并编入他的论文与《音乐辞典》中。数字简谱先传到日本，1904年后由音乐学家沈心工先生从日本再引入中国。现在简谱一般被视为业余记谱法（相对五线谱而言），其实它的渊源，是来自卢梭这样的大思想家，这是很多人意料之外的。当然，这个扉页在后来的通行版《忏悔录》中也是没有的。而沈译本则少了一篇卢梭的简短前言，算是各有缺失吧。

2017 年—2019 年 8 月，北京

世说门下走狗（一）

略谈角田简《近世丛语》及续
与背景

旧日本汉学家尤多以纯汉语写作者，其谙熟中国古籍，常有过于吾国学人之处，如唐代之空海（遍照金刚）或晁衡（阿倍仲麻吕），近代之内藤湖南、赖襄、冈白驹、加藤虎之亮等。自南朝宋临川王刘义庆作《世说新语》流觞人间以来，以笔记体野史高屋建瓴，讲述古人奇绝风骨、异闻巧思、幽警轶事之短册，堪称后世汉语作家最爱之文学体裁之一，明清间更是兴盛，日本汉学典籍中也所在多有。

最有代表性的，当属角田简《近世丛语》与《续近世丛语》两部，前者八卷二十九章，后者八卷二十八章，共十六卷，五十七章，而且也像《世说新语》那样分为德行、言语、政事、文学、品藻、伤逝、雅量、忿狷、简傲、任诞等篇。

角田简（九华），又名角田大可、角田才次郎等，号九华山房，冈藩（丰厚国）人士。据自序看，其撰《近世丛语》及《续近世丛语》之时间在日本文化十三年（1816）和弘化乙巳年（1845），中间相隔约有三十年之久。角田简的生卒年不详（一时查不到），但按其在凡例中言："国家升平二百余年，文运隆盛，哲人奇士，栉比而兴。佳言伟事固多颐，唯恨予在寒乡，载籍不备，异闻不传，犹多遗漏也。冀四方君子，悯予之志，告以佳话，则当续而成书。"据此可知其写作方式之淳朴，也可推算出他是明治以前之人，是尚未被"兰学"和西方文明影响，非常纯正且典型的受中国魏晋南北朝"名士文化"影响的东瀛汉学家。

我所藏之《近世丛语》《续近世丛语》全本也是纯汉语作品，前者为浪花书林松根堂藏梓，文政九年（1826）刊刻于大阪，前附汉学家赖襄书序。因卷帙颇浩繁，其中逐条皆妙趣横生，不愧临川祖龙之意，篇幅有限，无法尽述，在此暂只试举几则：

林罗山寓建仁寺读书，寺僧奇其毛俊，欲度为僧。不可。强之。曰："童子忠决，不弃父母。"乃遁归。

野中兼山尝怒山崎闇斋，使人通绝交意。闇斋瞑目良久，徐云："若尔便好。"其人自屈。

伊藤坦庵幽囚三年，日读书赋诗，曾无忧色。既而出囚，语人曰："文学不可弗为也。我在图圄，而后益知其有滋味也。即使予为俗辈，则三年之久，岂毋忧闷而死哉？"

北村雪山为人洒落，不拘绳墨。衣裳褴褛，曾无愧色。常游青楼，解衣使妓拾虱。

物徂徕曰："世儒醉理，而道德仁义天理人欲冲口以发。予每闻之，便生呕哕。乃弹琴吹笙，否则'关关雎鸠'以洗其秽。于是愧柳下惠之不可及矣。"

室鸠巢称山彩岩曰：其行敦笃而立诚，其材浩瀚而雄峭，挺然于埃壒之表，文采风流，足推到一世。

大高坂芝山评井东村曰："翁一味诚实，所谓独立不惭影，独寝不愧衾者矣。"

熊泽了介居于明石，时邻寺僧素闻了介相备斥佛也。欲面折之。乃往执谒。退而叹曰："如斯好人，岂仇吾佛门乎？"

鸟山崧岳以耆宿自居。诗社之饮，必自居上头。然重葛蠹庵、冈鲁庵曰："我所不及。"

白隐和尚尝亲为帚画，题其上曰："扫天下恶知识帚也。"或以示顽极和尚，乞赞。顽极即书曰："最初先扫白隐。"

当然，这里所引只是九牛一毛。尚有许多大段笔记，不便抄写。除了东瀛名士，角田简也提到了中国人，譬如《续近世丛语》卷四云：

朱舜水见山鹿子敬，嘉其学识，乃与号素行。且作其铭而奖励之。

再如：

> 柴野栗山常钦慕苏公，每岁十月之望，置酒，会客，以拟赤壁游。

而其中对于角田简个人历史最重要的一则记录和注疏，当是卷七所记载的其父（实为养父）角田东水一则：

> 角田东水，晚居大阪，却扫绝迹，病闲意适，则野服萧然，佩一瓢酒而出，水边桥上，或眺远山，或对逝水，悠然饮酒，意太自得也。

此则看似简单，其意在注疏比较长，大概讲述了角田简传承养父角田东水（先君）精神的渊源。据载，角田东水，名美利，字子和，一号交谈庵，容貌端严，身大力强，少有大志于文武，22岁便承俸禄二百石。但因为与世俗不合，便绝意仕途，投身于医术，以悬壶济世糊口。后来他东游西走，到处行医救人，虽然家族衰落，但仍然抱守仁义之心。除了角田简，他还有一个养子叫利宽，因犯了罪，结果连累角田家中的二百石俸禄也没了。角田东水终生好酒，在一次城中大火灾时，他什么器物都不带，"唯携一瓶酒而逃，人称其量"。他65岁时去世。据说角田东水生前在医业之暇，爱读佛书，也懂一些"彼土医方"，并发现"本于四大增损"与他一贯所学的中医"长沙之书"（因医圣张仲景做过长沙太守，有张长沙之称，故名）完全不同，专门以地水火风论病。然后他以此解《伤寒论》，遂立一家之言。注疏最后，角田简提到他自己，本为大阪邸中中岛氏之子，"幼龄孤特，先君抚育为子，托于山厅氏，使读书，且执贱役。尝诫简曰：'吾家自仕太祖藩侯于茨木以来，历世滋润膏泽，子利宽不忠不孝，亡家绝祀，使祖先悲于黄泉。望汝励志为学，再兴亡家，不替吾之志也。汝虽幼，铭心勿忘！'简敬应曰：'唯。'"后来角田简西下，再仕旧藩，果然从贱官一路提升，终于恢复了角田家的俸禄。

因此注疏，亦可知角田简的汉学精神主要来自其养父。总揽角田简此本所述，确如为之作序者江都一斋老人佐藤坦所言：

> 我朝建橐以来，文武贤豪，奇伟异能与夫名缁闺秀，奕奕相望，代不乏人。其言语事迹，可以观风考德者，或得诸故老之谈，或取诸碑志之勒，或采诸家乘剳记之所传，蒐猎综叙，洪织悉举，殆亦华亭云间之亚也。

另外，关于此书，现代剧作家阿英曾在随笔《吃茶文学论》中写道：

> 从城隍庙冷摊上买回的一册日本的残本《近世丛语》，里面写得更是有趣了。说是："山僧嗜茶，有樵夫过焉，僧辄茶之。樵夫曰：'茶有何德，而师嗜之甚也？'僧曰：'饮茶有三益，消食一也，除睡二也，寡欲三也。'樵夫曰：'师所谓三益者，皆非小人之利也。夫小人樵苏以给食，豆粥藜羹，仅以充腹，若嗜消食之物，是未免饥也。明而动，晦而休，晏眠熟寐，彻明不觉。虽南面王之乐莫尚之也。欲嗜除睡之物，是未免劳苦也。小人有妻，能与小人共贫窭者，以有同寝之乐也，若嗜寡欲之物，是令妻不能安贫也。夫如此，则三者皆非小人之利也，敢辞。'"可见，吃茶也并不是人人能享受到的"清福"，除掉那些高官大爵，山人名士的一类。

但中国读者真正能读到的很少。阿英看到的也只是残本，未知几何。而且我也并不太同意阿英的论断。我以为樵夫所言才真正是冈仓天心式的茶道。

而对于中日文化间差异，《近世丛语》卷五还有一则，足可令今人亦为之绝倒：

> 泷鹤台饮于一权贵，酒酣，主人问曰："凡为治，和汉孰难孰易？"鹤台曰："汉难哉。"曰："何也？"曰："彼使不学之人秉持钧衡，则下必耻受其制。我则虽不学之人，下不耻受其制，是所以汉难和易也。"一坐失色。其人以告君，君曰："讽刺公等，唯是此老。"

难道这不足以象征我们现在的距离吗？

临川王之《世说新语》虽最初祖于晋人裴启《语林》，但精神之独立，传承之广泛则非裴书可比。严格来讲，即便刬除六朝以后所有志怪小说暂且不论，那也不仅李绍文《皇明世说新语》、王晫《今世说》，以及如洪迈、王世贞、陶宗仪、袁枚等人是其嫡系血脉，后世诸如王谠《唐语林》、周密《齐东野语》、姚宽《西溪丛语》、陆游《家世旧闻》、张岱《夜航船》、钱泳《履园丛话》等，乃至禅宗公案"传灯录"系，其行文方式也都可算其"门下走狗"。且偏于学问则可为《日知录》，偏于传奇又能编《夷坚志》；大则可作《茶香室》，小则可撰《幽梦影》，其中意象思维幅度之广阔，可随意伸缩，自由驰骋。而自有清一代至民国文人，此类笔记更是多如牛毛，不可胜计，尤其可以喻血轮《绮情楼杂记》或姚灵犀《思无邪小记》等为其揭橥。即便在日本也并非仅此一例，正如角田简在凡例中云："我邦服南郭亦效作《大东世语》",还提到有"先辈服子迁,亦尝采撷中古人物言行,为《世语》一书。其文辞可谓摹仿临川矣"。可惜我尚未看到此二书。至于在我自己的写作中,如《随身卷子》等也可以说是深受其影响的。

吾最爱读之书有三种:一是可终生反复诵读之书,二乃无人读过之书,三则为良师益友所撰之书。角田简正续《近世丛语》,自然为第二种。所谓"无人读过之书",也并非举世从无所见,而是指一时被忽略,或因年代久远,或因译介缺失而暂时难得一见之书。其中常有隔世滋味、孤绝气息,毫无当代眼前出版物之人间烟火气。此意想必诸如南村(陶宗仪)、词溪(马国翰)、郋园(叶德辉)、知堂(周作人)等爱书之流,定能深知。这种"无人读过之书",读来令人心安。即便不读,经年束之高阁,每每念及时,也会让心里产生一种亲切的快意和秘密的眷恋。抑或终有一日,此书被众多人读到,此种美感兴许荡然。但当你追忆起与它们的那一场"寒窗深情"来,也算是某种隔帘花影吧。

2017 年 1 月 4 日

世说门下走狗（二） 从王世贞《世说》笺本与 补本看"语林"之影响

　　去秋踱步坊间，藏得和刻本《世说笺本》二十卷（尾张秦士铉先生校读，大阪书林，冈田群玉堂制本），以及和刻本《世说新语补》（原名《李卓吾批点世说新语补》二十卷），二书皆为明人王世贞之删定本。笺本与补本，是可以互相参校的同一本书，只是日本作眉批之汉学家不同而已。王世贞当年做这个《世说》本子，其实是将南朝宋人刘义庆《世说新语》与明人何良俊（元朗）《何氏语林》两书合二为一了。为何要这么做？他在序言中解释：

　　　余少时得《世说新语》善本吴中，私心已好之。每读辄患其易竟，又怪是书仅自后汉，终于晋，以为六朝诸君子，即所持论风旨，宁无一二可称者。最后得《何氏语林》，大抵规摹《世说》，而稍衍之至元末。然其事词错出，不雅驯，要以影响而已。至于《世说》之所长，或造微于单辞，或征巧于只行，或因美以见风，或因刺以通赞，往往使人短咏而跃然，长思而未罄。何氏盖未之知也。

然后，王世贞便从二书中找出他以为最符合临川精神的，合并笺注之。王世贞是否在效法北宋晏殊对《世说新语》的刻意删定，使全貌尽去（唐以前叫《世说新书》），不得而知。但王世贞还是保留了《世说》的大部分篇章，共二千七百余则，其中只用了《何氏语林》的一小部分，即所谓"《世说》之所去不过十之二，而何氏之所采则不过十之三耳"。

为刘义庆、何良俊《世说》合订本作序跋的，很多都是当时的大名士，其中包括王世贞、王世懋兄弟，以及做批点的大思想家李卓吾（或托名），还包括刊刻此书的沔阳陈文烛、做题跋的琅琊同族王泰亨等。诸公皆为当仁不让的"世说迷"。他们在书中之言诸如：

> 晋人雅尚清谈，风流映于后世。而临川王生长晋末，沐浴浸溉，述为此书，至今讽习之者，犹能令人舞蹈，若亲睹其献酬。傥在当时，聆乐、卫之韶音，承殷、刘之润响。引宫刻羽，贯心入脾，尚书为之含笑，平子由斯绝倒，不亦宜乎？（王世懋）

> 惊高论于旷代，闻长啸于异时，又何快也！（陈文烛）

> 虽典雅不如左氏国语，驰骛不如诸国策，而清微简远，居然玄胜。概举如卫虎渡江，安石教儿，机锋似沉滑稽，又冷类入人梦思，有味有情，咽之愈多，嚼之不见。盖于时诸公专以一言半句为终身之目，未若后来人士，俯焉下笔，始定名价。（刘应登）

> 玄虚成习，一时雅尚，有东京厨俊之流风焉。然旷达拓落，滥觞莫拯，取讥世教，抚卷惜之，此于诸贤，不无遗憾焉耳矣。（袁褧）

郡中旧有南史刘宾客集版，皆废于火，世说亦不复在。游到官，始重刻之，以存故事。(陆游)

此书特为隽永，精深奇逸，莫或继之。(文徵明)

嘉靖年间的进士，曾以诗书画等师事文徵明达十四年的陆师道(1510—1573)，也为该书作序，其中专门提及《世说》内容的真实性，并云："不知《唐艺文志》何故乃列之小说家？盖言此书非实录者，自刘知几始，而不知义庆去汉晋未远，其所述载，要自有据。虽传闻异词，抑扬缘饰，不无少过，至其言世代崇尚，人士风流，百世之下可以想见，不谓之良史不可也！岂直与志怪述妖、稽神纂异、诬诞恍惚之谈类哉？是故齐梁以来，学士大夫恒喜言之，宗工巨儒往往为之注释缀续、叙录删校，尊信益众。"可见此书在读书人中影响太深。

话说回来，如果称一切"后临川而演华亭者"，皆为"世说门下走狗"。那么临川又为谁的走狗呢？一个当然是写《语林》的"白衣处士"裴启，他是源头，是"裴氏学"祖龙；另外一个，即也写过一本《世说》(早已亡佚)的汉人刘向。

先看前者：东晋人裴启，字荣期，是河东闻喜人。他只是一个名士，没有官职。庄子言："寓言十九，重言十七。"六朝以后"小说"，有志怪(鬼神)、志人(言行)、志书(记事)、志乘(野史)。裴启可说是第一个写"志人"的天才，而且主要精神或许就是重言：引先贤之逸闻或言语而作清谈语。他摘叶飞花式的《语林》，开一代文宗，当时影响非常大。因记录各类人物言行，奇绝快哉，朝野时人无不传抄，遂风靡一时。但后来此书却因内容涉及车骑将军王珣(原丞相王导之孙），受到当时权臣谢安的诋毁，讥为"裴氏学"。征西将军庾亮之子庾龢，曾向谢安推荐此书，谢安却称其中提到自己的二则言论是虚构的，更是反感其中还有王珣的《经酒垆下赋》，于是迁怒于裴启。其实王珣为谢家女婿，但谢安因猜忌而与其反目绝婚。中国社会本就是强权干预修辞的，谢安反感《语林》之事一出，众人又都以为裴启是在借谢安的地位抬高自己，于是《语林》遂废。后来，学界才发现裴启的记录都是真实的。谢安当时有"江左风流宰相"之称，权倾朝野，虽别有雅量，但这也算一桩"精神文字狱"吧。随着战乱与时间流逝，也不知是否曾有明文禁毁，总之，据周楞伽先生言，《语林》"在梁时还存在，不过删去了记谢安语的两条而已"，但到隋代就彻底亡佚了。唯有其他典籍里还残留着其少许摘引，如《艺文类聚》《北堂书钞》《太平御览》《六帖》《太平广记》等。梁人刘孝标注《世说新语》时，也引用了一些。后世除清人马国翰《玉函山房辑佚书》曾收录了小部分残篇外，鲁迅先生《古今小说钩沉》是现代最早将《裴子语林》再次从各古籍里辑佚出来的，时间在1910年前后。但鲁迅未曾完稿，且有错漏。目前最全的，是1986年由周楞伽先生辑注的简体本《裴启语林》（文化艺术出版社），共辑得185则，分成"前汉人""后汉人""三国人""西晋人""东晋人"五篇，估计仅有原书的十分之一。其中尚有一些并非出自《语林》。此简体字本虽装帧粗陋，印刷属于20世纪80年代的水平，然近30年来似未再版过单行本，于读书人来说也算是聊胜于无吧。

再看刘向：他自然是大家，而且中国读书人几乎都读过他的《战国策》《说苑》《新序》等。有学者言："《说苑》即《世说》之别名。"这种说法应该不对。《汉书·艺文志》诸子略儒家类云："刘向所序六十七篇。"班固注："《新序》《说苑》《世说》《列女传颂图》也。"余嘉锡先生《四库提要辩证》卷十七也道:"刘向《世说》虽亡,疑其体例亦如《新序》《说苑》,上述春秋,下纪秦汉。义庆即用其体,托始汉初,以与向书相续,故即用向之例,名曰《世说新语》,以别于向之《世说》。"只是刘向的《世说》在唐初之前已亡佚。所以我们无法知道具体内容,只能确定它的性质应该和《语林》差不多。

刘义庆《世说》为了区别于刘向《世说》,故名"新语"。而《世说新语》中不少篇目,则直接采用了裴启的记述。当年裴启著作的意外遭废禁,肯定刺激了临川王刘义庆。于是他在聚文士采集《语林》《郭子》等书时,应该是非常谨慎的。他回避了任何有可能带来政治审查的内容,把主要精神完全放到当时魏晋人物的狂狷气息与修辞语境上。这本来是为了低调,但意外成为一场脱离现实桎梏,重返文学与词语的胜利。

另,按余嘉锡先生《世说新语笺疏》凡例中的整理,《世说新语》早期重要版本有三:一为日本尊经阁影印宋高宗绍兴八年(1138)董棻刻本,一为宋孝宗淳熙十五年(1188)陆游刻本,一为清徐乾学传是楼藏宋淳熙十六年(1189)湘中刻本。但余嘉锡先生未曾提到王世贞本《世说笺本》与《世说新语补》。1986年徐震堮先生的《世说新语校笺》序里提到有"王世懋的评语",但未提及王世贞及其删定本。其余注疏以及研究者如叶德辉、沈家本、杨勇、刘盼遂等,也似未提及。想来当初他们并不关注(或一时未见到)此刻本吧。

和刻本《世说笺本》与上述这些都不同,因它是《世说新语》与《何氏语林》两个残本的参合本。何良俊《何氏语林》自诩继承了《世说新语》,且他还著有《续世说新语》。从书名上看,其所宗精神,也明显受到了裴启《语林》的影响,是对久佚之"裴氏学"的一次致敬。王世贞做此事想必也心境相类。

东瀛学人谈到世说精神时，还常称"华亭云间"四字，此语即指《何氏语林》的作者何良俊(1506—1573)，其字元朗，号柘湖，明代戏曲理论家，松江华亭（今上海奉贤柘林）人。因松江古也称"云间"。王世贞所删定的刘义庆、何良俊版《世说笺本》《世说新语补》两书，曾在中、日、韩引起过"世说体"小说仿作的潮流，带动了日本江户汉学研究。当然，王弇州（世贞）先生此举，后来也常被有明一代的人模仿，就像何良俊模仿刘义庆一样，最典型的作品如焦竑的《玉堂丛语》、李绍文的《皇明世说新语》，以及晚明曹臣的《舌华录》等。

以删前人书集腋成裘的传统（甚至可从孔子"删诗书"开始）有时便如古人随意挥洒的性情，其实没有那么多框框，纯属即兴；有时矫枉过正，还不乏"适者生存"的残酷性和"选择性执法"。大到类书、"三通"、《册府元龟》或《资治通鉴》的编撰，小到一般文人的笔记偶得，都是如此。在刘义庆与何良俊一生收集的那么多有趣的故事中，王世贞当年如何敢凭一己之好恶便来大刀阔斧地取舍？我实在难以想象。须知《何氏语林》分三十八门，两千七百余事，即便是今天的简体版上下册，也厚达一千多页。或许王世贞是抱着一种忍痛割爱的态度，从而达到精益求精（哪怕只不过是自欺欺人），但也或许，他不过是想成就自己的另一种境界，恰如《世说新语·忿狷》所载的那则极具象征性的逸闻：

> 魏武有一妓，声最清高，而情性酷恶。欲杀则爱才，欲置则不堪。于是选百人，一时俱教。少时，果有一人声及之，便杀恶性者。

也就是说，其实王世贞自己也拿不准该删哪则，留哪则，于是他便把刘义庆书中比何良俊差的删掉，再把何良俊书中比刘义庆好的留下，比其差的则删掉。然后再以"二十卷"的容量，为其整体削足适履。尤其在线装书时代，此篇幅（一函十卷，顶多两函）更便于书肆坊间流通。至于其所谓"词错出，不雅驯"的那些篇章，不过是当年一种偶然性的观感罢了，遂当作"恶性者"删掉了事。试想如果两本原著失传，那么王世贞本岂不就成了正宗？就像《裴子语林》残了，刘向《世说》丢了，刘义庆《世说新语》便成了后世之正宗祖本。

2017 年 6 月 20 日

仿佛若有光 读梁启超《陶渊明》小思

夜来无事，重读了一遍梁启超写的小册子《陶渊明》。这是一本旧书，出版于民国十六年（1927），出版者是商务印书馆著名的王岫庐。这是那时所谓"国学小丛书"中的一本。梁启超写过不少人的小传，最有名的当数《李鸿章》《墨子学案》《陶渊明》这几本。其实与其说是小传，不如说是一篇条理清晰的论文，因书中梁启超对陶渊明的时代、家族、诗、文、年谱、种田、当官、辞官、酒、琴乃至"虎溪三笑"和日常生活等，都作了详尽分析。陶渊明当然是读书人都非常喜爱的一位诗人。他的诗可以说是魏晋文学的巅峰。如果说每个朝代只能列举一个诗人作为代表的话，那么魏晋就是陶渊明，至于曹操、嵇康、鲍照、庾信、谢朓或陆机等人也都得让他三分。他那伟大的《桃花源记》之盛名，让很多后人也学写了不少志怪小说，作为对他的模仿或致敬，如无名氏托"陶潜"之名所撰的《搜神后记》。该书中只有《桃花源记》一篇为陶渊明所写，其余皆是伪作。

说到《桃花源记》，记得前年某日，我曾写过一段感触：

今天走在大街上，我似乎明白了陶潜在《桃花源记》中的写作真意：那夹岸数百步的桃花理想国，那不知有汉魏，遗忘了时间的乌托邦，实际上是对我们少年时代所向往的未知世界的"山有小口，仿佛若有光"的比喻。而人生一旦失去早年的抱负和追求，就再也找不回来了。人生是什么？人生就是一场误导。你进入了一些情境，被感动了，影响了。你的生活甚至灵魂都发生了改变。但是你不能退却，不能回头。因为你如果按照原路再走出来的话，那将连误导中的那片福地都找不到了。你会既怀疑困境，又怀疑解脱；既不相信过去的美好，也不相信未来的方向，剩下的全是迷惘。

你还敢走下去吗？对着哪边走？

你是迎风狂啸，还是干脆给自己来上一刀？

如何是境中安心人？——桃花海中一猛虎，戈壁滩头三千鹤。

可悲的是，我们往往不得不退出来。

对于莫名世界或理想状态的追求，一直是我们生活中的一种神学本能。用罗素的概念来说，这种本能支持着我们对知识的渴求，对爱情的渴望，甚至支持着我们对人类苦难的不可抑制的同情。

无独有偶，美籍英国作家詹姆斯·希尔顿（James Hilton）写的那本《消失的地平线》，也荒诞地叙述了一个不可思议的乌托邦事件。作者虚构了在 20 世纪 30 年代初，英国领事馆领事康威、副领事马林逊、美国人巴纳德和传教士布琳克洛小姐等几人，乘坐一架小型飞机飞往巴基斯坦的白夏瓦。途中，他们发现飞机离开了原定航线，沿着喜马拉雅山脉由西向东偏北方向飞行。飞行员也不是平时那个，而是个带武器的陌生人。原来飞机被劫持了。然后，一天夜里，飞机降落在一座狭长的山谷口，是中国的藏区。据说那里有一座叫"香格里拉"（Shangri-la）的喇嘛寺，他们只有到那里才能找到食宿。于是他们爬山攀岩，几乎走了一天，最后穿过云雾缭绕的林海，到达喇嘛寺，即"香格里拉"的中心。这里有数千居民，居民的信仰和习俗各不相同，有儒、道、佛等教派，但彼此团结友爱，幸福安康。因为这里的人与人、人与自然的特殊关系，人们都恪守着"适度"的美德。"香格里拉"社会是原始理想国的标本。这部书被称为西方乃至世界文学的"桃花源记"。1944 年，好莱坞还将这本小说搬上了银幕。"香格里拉"并不存在，只是一个幻想之地，而且一旦离开了就再也找不到入口。电影《消失的地平线》影响了一代又一代西方人对西藏的看法。据最近经济学家郎咸平在他的《谁在谋杀中国经济》一书中的分析，去年汶川大地震时，美国女星莎朗·斯通（Sharon Stone）之所以信口开河地说中国地震是"因果报应"，就是因为她像过去很多西方人一样，受到过这部电影或书的影响。他们对西藏或中国的了解，以及对藏传佛教的理解，大多来自这部电影或书中的一些描述。

说白了，他们都是下意识地用神学在看东方问题，而这神学又是被小说通俗化了的。

东方问题，并非全都是神学，更多的是具体的苦难和现实困境。如《桃花源记》和《消失的地平线》这一短一长两篇作品，看起来很类似，其实本质上大有区别。后者表面上是揭示东方神学，其实骨子里与托马斯·莫尔（Thomas More）的《乌托邦》或威廉·莫里斯（William Morris）的《乌有乡消息》等书，都有着很明显的内在关系，是一种对空想社会主义与宗教哲学进行嫁接的作品。而陶渊明的诗文与人生，乃至他对"桃花源"生活的描写，表达的则是传统中国社会和魏晋时期读书人对大自然与农业生活的向往，根本上只是人学。梁启超说得

114

好，陶渊明写的一切都是为了"自然"和"劳作"。陶渊明其实是无神学的。虽然他和当时正在东林结社的释慧远等佛教人物有所来往，而且梁启超说他的两句诗堪比七千卷《大藏经》，但是，他的思想还远谈不到神学。梁启超写道：

> 渊明一世的生活，真算得最单调的了。老实说，他不过庐山底下一位赤贫的农民，耕田便是他唯一的事业。他这种生活，虽是从少年已定下志趣，但中间也还经过一两回波折。因为他实在穷得可怜，所以也曾转念头想做官混饭吃。但这种勾当，和他那"不屑不洁"的脾气，到底不能相容，他精神上很经过一番交战，结果觉得做官混饭吃的苦痛，比挨饿的苦痛还厉害，他才决然弃彼取此。

杜甫为什么写"陶潜避俗翁，未必能达道"这样的诗句呢？也许就是他也认识到，陶渊明的本质就是个农民。

陶渊明也许正是在辞官那个时期，写下了《桃花源记》的。因为这里包含了他对归隐和逃避的最大渴望，甚至比他那著名的《归去来兮辞》或《读山海经》等都更彻底。不过这只是一种对朴素生活和农业宁静的渴望，其中包含着对专制和官本位文化的厌倦和对山水、音乐、植物和花朵的最大的爱，但仅此而已。陶渊明并不曾思考过造物的神性根源和一切苦难的终极起始点。这个问题对他来说不存在。他的诗很多地方都谈到了"心"，而心还不是灵魂。起码陶渊明的心还是现世的，所谓"问君何能尔，心远地自偏"，而人的灵魂则是永远运动着的。在中国，就是境界最高的那些古人，都缺乏灵魂生活。因为心只是一个桃花源：你可以偶尔遭遇，或者在意外的时

115

刻突然进入，看见那些"仿佛若有光"的灵感和意象，并对其中的美景和生活流连忘返……但是你若有灵魂，它就绝不会允许你就此作罢。生活是人学。心是文学。而一旦肉体毁灭，心和生活也就都卸甲归田了，幻想也就结束了。最后能带着我们穿越存在与时间，穿越思想与死，穿越爱、孤独和遗忘，将我们真正带向永恒不灭的那个东西，必须是灵魂。

这就是一切人学、文学与神学的差距。

2009 年 7 月，北京

元人的百科全书 夏日读《说郛》偶得

白下相逢日，

于今十二年。

江湖俱老矣，

风雨独凄然。

——陶宗仪《南村诗集》

夏日，夜读寻觅了多年，后在旧书店偶然碰到的中华书局版《说郛》一书，全套十二册，文字典雅，读来令人心净如洗。此书为元代类书，陶宗仪所编，收录了自上古到中古很多平时难见和散失的诸家笔记，所谓"取经史传记，下迨百氏杂说之书千余家，纂成一百卷，凡数万条。剪杨子语，名之说郛"。"郛"，就是城邦、城垛。"说"的意思也有小说、杂说、类说和道听途说等意。总之，这是一部百科全书式的古籍，堪比《册府元龟》，不让《彊村丛书》。从中我们可以看到中国古人的生活方式、杂糅的文化倾向和日常关注等很多事物。大到隐逸经法、诸子博物、朝野遗闻、宗教琐事，小到幽灵搜神、志怪异趣、栽花种草、弹琴说书，乃至棋、渔、樵、砚、占卜、梦、刀剑、竹子、写诗、种桐、酒、香、茶经等，以及螃蟹的种类和吃各种螃蟹的方法，水母、猴子与红蝙蝠的来历……可以说包罗万象，不可尽数。

翻阅全书，你会觉得过去说古代中国人的生活枯燥其实是一种误解。古人的生活其实比我们要丰富得多，也典雅和深邃得多。

他们是和整个大自然在一起生活，而我们只会看电视。

陶宗仪，字九成，元末明初人。这个人是个伟大的杂家，也懂得古琴。他的《南村辍耕录》，其中就收有不少关于斫琴的历史知识。据说他还曾写过一卷《琴笺》，但我至今未曾见到。民国古琴家杨时百在《琴学丛书》中对此有记录。陶宗仪的精神类似古中国的亚里士多德、狄德罗或艾柯，也很像与他同时代的朱权（号臞仙）。他的著作精神就是百科全书式的。他的父亲陶煜是个县令，叔叔陶复初是书画家。他早年因过多谈论政治而被排挤落地，从此不再走仕途，专心写作。那一年他才20岁。元至正八年（1348）黄岩方国珍起义，陶宗仪为避兵乱出游浙东浙西，与妻子元珍客居泗泾南村，筑草堂以居，开馆授课。从此弃科举，谢绝浙帅泰不华、南台御史丑闾、太尉张士诚等人的荐举。后来朱元璋请他出山他也不去。他课余时就垦田躬耕，后被誉为"立身之洁，始终弗渝，真天下节义之士"。教学之暇，与弟子谈今论古，随有所得，即录于树叶上，贮于瓮，埋树下，十年积数十瓮——这就是后来的《南村辍耕录》。

记得我19岁那年与好友小说家费声一起躺在重庆图书馆的阳台上聊天，他和我说起这本书时，十分得意。据说他家当时藏有此书的线装版，但属于善本藏书，故从不拿给别人看，只令人闻之垂涎。

我们今天读的《南村辍耕录》都是现在中华书局的元明史料笔记丛刊通行本。书是好，可惜字太小了。我这人喜爱读大字大开本的书。

关于陶宗仪的人格，在《明史》中没什么记录。大部分中国人已经早就把这个人忘了。他似乎只是千万个古代文人里的一个，无足轻重。

但夏日夜读《说郛》，我仍然觉得他无疑是当时最好的史学家、文学家。因为他那种杂家精神是对现实最明显的反抗。陶宗仪之著作除《南村辍耕录》外，还有搜集金石碑刻、研究书法理论与历史的《书史会要》九卷，以及《南村诗集》《四书备遗》《古唐类苑》《草莽私乘》《游志续编》《古刻丛钞》等。这一套《说郛》是1986年版的，之前还有一个三大本的影印版，早年在前门旧书店见过，但那时因囊中羞涩而失之交臂，后来总算遂了一个心愿。

闷闷长夏，世界如烈日蒸海，人生不得已而滚瓜烂熟，百无聊赖。忽然能与此书为伴，与其中之亿万孤魂野鬼、梅兰竹菊和飞禽走兽为友，却胜似尔等在瀑布下洗澡，大海里捞针，与冷月寒火同哭，真如圣坛所云：不亦快哉！

2008年7月

丑斋孤本与未死之鬼 <small>略谈元人《录鬼簿》之读法</small>

　　说真的，我喜欢《录鬼簿》这本书的名字，远胜于内容。

　　但这并不意味着其内容偏狭无用，相反，《录鬼簿》的内容是很大气的。因为作者钟嗣成（约1279—1360）并没有站在某一个角度来记录戏曲家与戏曲史。从著名的董解元、关汉卿、马致远、王实甫到宫大用、史九散人、郑廷玉以及民间的一些小戏曲家，他都一一收录了，目的只是让他们不至于被时光湮灭。

　　在《录鬼簿》序言中，钟嗣成的一段文字颇有鬼圣风骨：

　　　　人之生斯世也，但以已死者为鬼，而不知未死者亦鬼也。酒罍饭囊，或醉或梦，块然泥土者，则其人与已死之鬼何异？此固未暇论也。其或稍知义理，口发善言，而于学问之道甘于暴弃，临终之后，漠然无闻，则又不若块然之鬼为愈也。予尝见未死之鬼吊已死之鬼，未之思也，特一间耳。独不知天地开辟，亘古及今，自有不死之鬼在。何则？圣贤之君臣、忠孝之士子，小善大功，著在方册者，日月炳焕，山川流峙，及乎千万劫无穷已。是则虽鬼而不鬼者也。余因暇日，缅怀故人，门第卑微，职位不振，高才博识，俱有可录。岁月弥久，淹没无闻，遂传其本末，吊以乐章。复以前乎此者，叙其姓名，述其所作。冀乎初学之士，刻意词章，使冰寒于水，青胜于蓝，则亦幸矣。名之曰《录鬼簿》。嗟乎，余亦鬼也，使已死、未死之鬼作不死之鬼，得以传远，余又何幸焉！

的确，还活着的人，往往也都担着被历史遗忘的风险。而已死、未死之鬼都是鬼，即他们都属于永恒。这正是钟嗣成的伟大之处。

"录鬼簿"实在是一个好名字。虽然这是收录古代被埋没之戏曲与戏曲家的专门书，却逐渐形成了一个系列。就算不通元曲、杂剧，也会有一种视觉上的快感。那一段一段附于人名后的简介、事迹、剧目、演出乃至悼辞、悼曲……都仿佛是逝去时光的诗句。

目前，我手里藏有的，是上海古籍出版社在1978年出版的《录鬼簿（外四种）》。对我个人而言，最庆幸的是在这一版本中还收入了朱元璋十七子宁王朱权的《太和正音谱》。朱权是古琴史上的大人物，是迄今为止发现的最早的古琴曲合集《神奇秘谱》的编撰者，又是有着不少传奇故事的人物。他的著作博大多元，几乎像百科全书似的让人着迷。而《太和正音谱》很难在别的地方见到。关于他，我在《琴殇》中有专门论述，此不赘言。另外，此版本中还收有曹雪芹先祖曹寅刊本《录鬼簿》、明代"阙名"所撰《录鬼簿续编》、吕天成《曲品》二卷以及清人高奕《传奇品》二卷，还有《录鬼簿补校》和《孟称舜刊本录鬼簿》等，共六七种。目前来说，这个算是"录鬼簿系列"的最善本了。其中，《曲品》对汤显祖、徐渭、陆采、沈鲸等分了若干上下品，而《传奇品》则尽列当时曲牌目录与名家，一目了然。当然，他们的行文传统，都来自《录鬼簿》。

关于《录鬼簿》的文字风格，可以说是以小见大，金钩铁画。而且其中还包藏着不少可以研究的文献。我试举二例：

吴中立

名本，杭州人。天资明敏，好为舞章、隐语、乐府。本有道斋小藁及诗谜数十篇。以贫病不禄而终。

语言辩利扫千兵，心性聪明误半生。莱芜穷又染维摩病。想天公忒世情，使英雄遗恨难平。寒泉净，碧草馨，为发幽冥。

红字李二

京兆人。

梁山伯，壮士病杨雄。板达儿，摺搜黑旋风。打虎的，英俊天生勇。窄袖儿，猛武松。是京兆红字李二文风。才难尽，兴未穷，再编一段《全火儿张弘》。

《病杨妃雄》 　　《武松打虎》
《黑旋风》(《板踏儿黑旋风》) 　《全火儿张弘》
《窄袖儿武松》

短短几笔，不仅勾勒出了当时民间戏曲家的坎坷身世、作品和风格，而且其相关的吟咏本身就是一首精炼的曲词。在"红字李二"这一条中，还涉及元曲作品对《水浒传》成书的影响，如"全火儿张弘"即《水浒传》中的"船伙儿张横"，而"病杨妃雄"，即"病关索杨雄"等等。

元代是一个文化毁灭的朝代。根据当时宋人郑恩肖在《心史》(伪书)中记载的一种说法，人分为十等：一官、二吏、三僧、四道、五医、六工、七猎、八民、九儒、十丐，也就是把儒生或读书人排在了仅高于乞丐的地位。在这样一个武力和官本位至上的朝代，像钟嗣成这种民间文人不可能进行直接批判。他只能是像之前的干宝，或之后的蒲松龄他们那样，躲进书斋，把一切戏曲家的存在比喻为"鬼"。钟嗣成是汴梁人，后居杭州。他的杂剧很多，但基本散失了，只剩下一些散曲以及这本重要的史料性著作《录鬼簿》。钟嗣成，字继先，号丑斋。我最喜欢他的号，因为这两个字繁体作"醜齋"，其中也有一个鬼字，而连起来看，就像是"酉时书斋中的鬼"，引人无限幻想。

凡《录鬼簿》一书收录的人，作者都为其赋诗词一首。而这些戏曲家自有戏曲家的读法，一般文人自有一般文人的读法。

随着时间的流逝，《录鬼簿》的这种"继绝嗣"的儒家精神，不仅限于中国的戏曲，也不仅具有目录学上的意义，它还可以延伸到任何时代，包括今天以及在历史的大波动下，那些值得记录的被埋没或被抹杀的人、书、艺术事件与作品。在毛泽东时代批判所谓"臭老九"知识分子，这个词本也来自元代前后"九儒十丐"的伪传统，而"文革"中的知识分子们大多也被批成"牛鬼蛇神"。大家都是鬼。如现在有不少人就在整理当时的地下文学史，无论是被打成"反革命"的、资产阶级的、知青的、红卫兵的、私密的还是有色情禁忌的，每个作者都有自己对世界的解读。再比如最近，浙江诗人沈方和广东诗人廖伟棠，几乎在同一时期写了组诗《录鬼簿》，他们借用这一册著名古籍的书名为标题，来写一些当代的情绪、观点，或人与事，甚至写一些刚死的或失踪的人。《录鬼簿》的档案式写作已进入了现代诗。

当然，古代汉语有其特殊的魅力，这很难模仿。

《录鬼簿》让人联想到佛教地狱中催命判官手里的《生死簿》，只是它记录的是一些艺术家和艺术作品的阳寿。该书两卷共记述 152 位元代杂剧及散曲作家，以年代先后排列。收录剧目大约有四百种。整个元代戏曲家的大概情况，都因此书赖以传世，可以说钟嗣成这一做法功德无量。每个人的美学生命都攥在阎王们的手心里，也包括钟嗣成自己。百余年后，在明代"阙名"（或为贾仲明）所撰《录鬼簿续编》中，排在当头第一人就是钟嗣成，其后才是罗贯中等。书中收了钟嗣成的戏剧如《钱神论》《蟠桃会》《冯谖烧券》等之存目，而附录也算是关于丑斋身世的最翔实的一则资料了。我引全文如下：

> 钟继先，名嗣成，古汴人，号丑斋。以明经累试于有司，数与心违，因杜门养浩然之志。著《录鬼簿》，实为己而发之。其德业辉光，文行温润，人莫能及。善音律，德隐语。有文集若干卷藏于家。所编小令、套数极多，脍炙人口。惜其传奇皆在他处按行，故近者不知，人皆易之。后之君子，读其鬼簿，则知其为人也。

当初写鬼的人，也迅速就做鬼了。

我最早见到《录鬼簿》这本书，是在十几年前的琉璃厂旧书店。当时并没有买。因为随手翻阅时，看起来都是目录，觉得此书甚无味。后来读王国维《宋元戏曲史》，才知道王国维写有《录鬼簿校注》（根据曹刊本），他的戏曲史资料也有很大一部分来自该书。但由于这校注是他私人所用之笔记，所以生前一直没有出版过，直到后来收入其《遗书》（《王国维遗书》，全16册）。当时，王国维还没有跳昆明湖，而他的灵魂其实早就像是一个"未死之鬼"了。而论整个近代中国文学、戏曲乃至文化艺术的众多悲剧，在生前就属于"未死之鬼"的，又岂止一个王国维？丑斋之《录鬼簿》是一孤本，此世上之文学，又何尝不是一个巨大的孤本？莫谈清华导师，莫谈"梨园行"，莫谈考古学"甲骨四堂"的遭遇，莫谈"伶人往事"，莫谈那些饱经时代恐怖或学术霸权主义抹杀的天才，哪怕那些"歌德派"的庸碌作品，以及今天堆积在各家出版社仓库或各个书斋抽屉里如山的废纸和浩若烟海的稿件……其背后无不都隐藏着一个已死或未死之鬼。如果你也曾有过创作，哪怕只写过一个字、一个音符，从某种意义上来说，你也就被自己的理想收入《录鬼簿》了。而至于你最终是一个无名小鬼，还是会魁星点斗，独占鳌头，成为丑斋所谓"虽鬼而不鬼者"的那种人，那是归时间来盖棺定论的事，谁说了都不算数。

以上为入秋读书偶作笔记，偏僻苟且，仅为存我独立世事、浩然思想、潜心写作而无畏于沉沦溟滓之心。

2009 年 10 月 1 日，北京

病诗无言病

清人田雯《病愈早起成诗》
与"庾辞"传统

今岁抱病书斋有月，将愈之时，药窗闲读，偶见清人田雯《病愈早起成诗》有曰："雨过庭翠滋，一鸟发清籁"，不觉精神为之一振。归愚先生沈德潜编《清诗别裁集》时，谓此起首二语"写病起入神"。另如（伪）袁枚《随园诗法丛话》（经考证乃《艺苑名言》之假冒）则云，田雯此句乃本谢灵运"池塘生春草"（据说也是写病起）之意，且"工于脱化"。但谢诗《登池上楼》中还有"卧疴对空林"一句，算是显宗。田诗为何入神？古人七嘴八舌，却又没有明言。因不仅这十个字里全不见有一个"病"字，甚至整首诗中，除了标题，田雯也没提到任何与病有关的东西。先引全诗如下：

> 雨过庭翠滋，一鸟发清籁。
>
> 披衣趁朝曦，新晴涤埃壒。
>
> 西轩青嶂叠，纵目收罢霭。
>
> 晓廊取次行，心神颇融快。
>
> 佳客时过从，绨袍迎户外。

凭几理素琴，焚香诵梵贝。

我在病中虽无心弹琴，最后一句倒也让我颇为感动。

大约古人下意识中皆有"廋辞"的传统，故一切并不点透，只用最简单的隐喻表达最深刻的情感或事件。如明末龚鼎孳的"流水青山送六朝"，一个"送"字，已经说清了时间和历史巨变的意义，并不一定非要把兴亡的缘由和前朝的痛苦全写出来。这是19世纪以前的西方诗人完全不能理解的手段，是唯有中国诗人才特有的技法。这是天演的技巧、内向的火焰，更堪称一种修辞的王道。不写即大写，故名写意。田雯此诗也不例外。"雨过"句即说清了病愈后万物的清澈（目明），"一鸟"句则指明了一阳复生时的喜悦（耳聪）。剩下的便全都是兴与观了，且毫无怨意。其骨子里或比谢灵运病后更想得开些，也未可知。若是换了波德莱尔，必要写些诸如"黑色幻象"或"绿色的淫鬼和红色的妖魔"等（见《患病的诗神》）来表达他生病时的悲惨状况了，否则他会觉得是隔靴搔痒。故本雅明曾言：晚年的波德莱尔"疾病常常发作，他的忧愁总使他受惊，这种震惊连同他用来躲避它的千百个意念，都被他重新制作成他的诗体的虚张声势的攻击"（见《发达资本主义时代的抒情诗人》）。波德莱尔的诗是一切现代西方诗人的祖本，因而他们也都难免或多或少带有此类"虚张声势的攻击"。这就像20世纪80年代，那些以西方诗为揭橥的中国新诗人们，也会在宴席上动辄便说一句"你们别惹我，我有病"之类来证明自己的病很厉害（通常指精神病），故而诗也与众不同。这实在离古人对语境的处理太远，看似锋利，实则粗鄙。

田雯（1635—1704）是清初汉臣，康熙年间官至江苏巡抚、户部侍郎，也是一位藏书家。他本山东德州人，字紫纶、子纶、纶霞，号漪亭、山姜子、蒙斋，著有《古欢堂集》《黔书》《山姜书屋分体诗选》及《长河志籍考》等。其诗多大气之作，如有"夜半大礐鸣，风雨四山乱"（《晚投卧佛寺宿》），以及著名的《登采石矶太白楼观萧尺木画壁歌》与《碧峣书院歌吊杨升庵先生》。沈德潜谓其"可匹王渔洋"。实则田雯的诗名，当时是与王士禛、施润章并驾齐驱的。而若论《病愈》此类题材，明清一代恐怕也多如牛毛。正如直接写病字的诗也会很多。但同代人给予田雯如此高的评价，除了钦佩他在病后的宁静状态（"心神颇融快"）和虽身居高位，依然不忘布衣时节之旷怀——所谓"绨袍"，也就是细葛布衣（如《诗·葛覃》所谓"为绨为绤，服之无斁"）——主要还是认同了他的"廋辞"。另外，末句还可证明田雯也是一位琴人，也许还会弹《释谈章》呢，因最早收录此曲的张德新《三教同声》琴谱，早在明万历壬辰年（1592）间便已经存世了。

2017 年 6 月 21 日，病中记

猛志镜像
从巴塔耶《内在体验》到《金瓶梅》中绝嗣之刑苦

乔治·巴塔耶最近的汉译本《内在体验》卷首，引用了当年尼采化身为拜火教创始人时写下的名句："黑夜也是一种太阳。"巴塔耶本身想说的是"内在体验"，即所谓"永无休止地质疑（追问）一切事物"。因为"教条的预设给了体验过多的限制：一个已经知道的人无法超出一个已知的视野"，所以我们必须通过内在体验"在狂热与痛苦中追问（检验）一个人关于存在之事实所知道的东西"。然而"内在体验"（expérience intérieure）这个晦涩的词，如果用更准确的汉语来表达的话，我更倾向用"意会"或者"含蓄"之类。当然，我也愿意相信巴塔耶的解释，即一个人内心真正的伟大，其实来自其敢于对不确定性有所追求、对教条的怀疑，以及真的能走向人之可能性（possible de i' homme），哪怕只是通过文学。

巴塔耶的《内在体验》之思绪主要以尼采、克尔凯郭尔为圭臬，其他则笼统地以笛卡尔、黑格尔以及基督教神学问题为揭橥。他的主要精神是诗、性与死的哲学。不过此书行文散乱，肯定没有他的《色情史》那么简单明了，类似一本尚未成形的札记。尽管如此，它也可以给我们一些启迪。尤其在中国，无论先秦还是魏晋，"意会"或"含蓄"的文学太多。道家言论自不必说，即便《诗经》之"廋辞"隐语，其美学本意亦在此。他们不仅在词句修辞中含蓄，甚至在整个人生倾向中，也是充满了大含蓄的。这是因为古人写诗大多是要言志的。如众所周知的陶潜之诗："猛志逸四海，骞翮思远翥。"（《杂诗·忆我少壮时》）这里所谓的"猛志"，无非是指早年所有的抱负和性情。然后随着年纪增长，看似渐渐消沉了，可虽然衰老，却仍然"刑天舞干戚，猛志固常在"（《读山海经》）。可见陶潜无论多大年纪，无论何种境遇，都从未忘记过他与生俱来的"猛志"。只是迫于环境，不能明言。故后来梁任公在《陶渊明之文艺及其品格》中引了顾亭林评陶潜之言："淡然若忘于世，而感愤之怀，有时不能自止而微见其情者，真也"，并说"这话真能道出渊明真际了"。我相信这是对陶潜最中肯的评价之一。陶渊明过去给人的印象，通常是孤高的、避世的、山林田园式的隐逸诗人。虽然他的大量作品都在写荣木、饮酒、连雨、拟古、咏贫、闲居、停云等，但骨子里他并非总是"归去来兮辞"式的自然主义（且也序之曰"怅然慷慨，深愧平生之志"），而永远是作为一个没落世家子弟（东晋开国大司马陶侃的玄孙）在仕途上不能伸展抱负后不得不选择的"感士不遇赋"——所谓"夷皓有安归之叹，三闾发已矣之哀。悲夫！寓形百年，而瞬息已尽；立行之难，而一城莫赏"。

城即封地，农夫在乎的是种地，只有大夫才会在乎封地。这是截然不同的两种诉求。把陶潜理解为农夫的人不可能懂其大夫之心。而真正理解陶诗之沉痛者，不仅能理解其寄存于《形影神》等篇章中的洒脱，更能理解他在《读史述九章》中所仰慕的那些偶像——如程婴、杵臼、伯夷、叔齐、箕子、张长公（张挚）、七十二子、韩非子等，几乎全是失败者。以山林田园、浊酒清琴来包裹自己，托志于诗，这就是陶潜的一种"黑夜式的太阳"。只不过他的表达必须被折叠，被遮蔽。而其伟大的魅力正来自这种折叠与遮蔽。陶潜的一切田园诗，就是巴塔耶所说的那种"在狂热与痛苦中追问一个人关于存在之事实所知道的东西"，即内在体验。

与西方不同，中国古典文学欲表现大痛楚，大多会选择一种象征主义式的角度来冒犯读者或官方价值，不会明言无忌。最后的曲解其实与作者无关。

就像志怪、玄幻或宋元话本小说中那些脸谱化的英雄，这些作品首先表现的似乎是对杀人与妖魔鬼神的热情，其实那只是想表达对恐惧的熟悉。如《金瓶梅》，大多认为它只是写淫欲和"批判现实主义"之类，这都是理论洗脑。实际上作者（或西门庆）的痛楚来自生殖无能，即对无后的绝望。整部书中，西门庆有过两个儿子，但都不是他亲生的。第一个儿子官哥可能是李瓶儿与蒋竹山之子，而且周岁即夭折；第二个儿子孝哥，按推理应是吴月娘与薛师傅门下男扮女装的假徒弟通奸所得之遗腹子，"保胎药"只是一种通奸象征。退一步讲，即便真的是亲生，也是在西门庆绝命之后所生，暗示其生前不能看到后嗣。而且后来孝哥也出家了，西门家仍算是中国人俗话说的"断子绝孙"。至于着墨最少的西门大姐，就更荒谬了。按照时间推算，西门庆如果和前妻生下一个女儿，然后再将女儿嫁给陈敬济，那西门庆得12岁成婚，13岁就生下西门大姐来才行。因书中提到西门大姐准备出嫁时，西门庆28岁，陈敬济17岁，倘若那时大姐也17岁或最小15岁，那西门庆就要13岁就生下大姐，即12岁时就得让前妻怀孕。这几乎是不可能的。况且西门大姐后来也被逼死。她被陈敬济打骂，上吊自杀，当时24岁。大姐是女子，在男权社会毫无延续西门宗族血脉的正统性，所以大姐的出现根本不解决问题，主要就是为了引出陈敬济而已。西门庆生前非常清楚自己的问题。如果他有生殖能力（尤其是生儿子的能力），像他那种性生活频率应该有很多儿女才对。但奇怪的是他虽有五个妾室，但谁也不能生一男半女，其他与之通奸者也没有怀孕。故他只能不断到处滥交，以寻求"延续香火"的可能性，同时也宣泄压抑。在传统社会，所谓"不孝有三，无后为大"，尤其像他那种大户人家，没有子嗣继承家业，传宗接代，是非常悲痛的家族大事。而且作者既然专门写到这些，就肯定有非常明确的意图，就是要以千山叠嶂之法——包括故意设计几个隐约有可能的女儿线索——隐写出名士绝嗣之大背景。否则闲笔一勾，再写二三亲生儿女在西门园内玩耍也并非什么难事。故清人张竹坡批本中有"苦孝说"一篇，其意也在此（亦未点明）。

绝嗣即绝望。相对其他几部大书，《金瓶梅》实际上是中国古代小说中真正具有现代性的作品，因其通篇全是反面人物、负面社会环境与事件以及非常直接的性描写，刻意缔造了一个远比塞利纳《茫茫黑夜漫游》的"群丑"复杂得多的宋末社会之恶德图像，而且这一切叛逆性还能统一到诗、词、曲、批、注这个大的传统套路中。这在汉语小说中是破天荒头一次。就生殖无能而言，《金瓶梅》是"意会"式的表达与写法。作者完全没有明说，连一个暗示都没有。然后，用生殖无能象征仕途无能，再用仕途无能象征整个时代的无能乃至诅咒帝国的无能，这个应该是作者最大的痛苦和写作之内心愿景。性与荒淫则是为了体验"黑夜也是一种太阳"，是包裹在核心目的之外的糖衣。

另外，就是对裸体的赞颂。因为中国古代文学几乎从不直面人的裸体。裸体词语都是意会的。只有道家哲学的"倮虫"和房中术的修辞隐喻，以及《本草纲目》乃至相学古籍里才会具体谈及人的裸体。而且裸体不是一个笼统的概念，而必须是局部器官与名词。但这一次要面对了，而且还要直接修辞。诽谤、勾引、凌辱、暴力、恶趣、淫具和矫情等，作者必须为没有裸体历史的汉语建筑一个文学广场。故《金瓶梅》作者的苦恼，就是巴塔耶所谓的"非知裸体"，即"非知首先是苦恼。裸体（nudité）在苦恼中出现，引发了迷狂"。这种迷狂也完全可以用巴塔耶的概念来分析，即这是一个士大夫在绝嗣情境下的神圣"刑苦"。他是用这种写作在自渎。因为也只有这种自渎文学才能成为他黑夜里的太阳。

由此，我们亦可确定明人沈德符在《万历野获编》中说《金瓶梅》的作者是"嘉靖间大名士"的判断是准确的，因只有在野（或当朝）的名士，才会有这种难以言说的痛苦。西门庆的狂野就是色情小说中的魏晋风度。无论作者兰陵笑笑生是王世贞、屠隆、贾三近还是徐渭，或者另有其人，也无论此书是为了攻击讽刺严世蕃（号东楼，故反取镜像为西门），还是根本就是一部自传，是像《恶之花》脱胎于《神曲·地狱篇》第二圈（色欲场中的人）那样，脱胎于《水浒》中在集体暴力下残存的爱恋与情欲，是一场反对革命的"影响的焦虑"，还是仅仅作为一本反礼教色情小说，本书都具备含蓄批判、意会绝望的可能性。

在中国古代，写话本或稗史的作者，文化地位从来都不高，这反过来也为他们能暗自发泄自己情绪（包括自渎）提供了空间。反正小说没什么"历史关注"，所以也得到了别人没有的一种修辞自由。当然，自由相对也是有限的，即名教的道德与世俗压力让《金瓶梅》的作者并不敢完全公开自己的身份。他的"猛志"只能体现于颓废。为了证实自己的存在，为了强调自己的士大夫身份和文化归属感，同时又宣泄不满，他为后世提供了一个谜语镜像：从反面人物与犬儒主义中影射自己在抱负上的失落和绝望，以性欲与恶作剧作为慢性自杀的方式来向世界告别。

西门庆属生殖无能，色情生涯只是他表达痛楚和不断寻求可能性的不得已之自渎选择。我认为英国怪杰巴恪思男爵的《太后与我》便是类似此种痛楚之作品，书中的慈禧，可以如此来诠释。慈禧因衰老早已生殖无能了，然后通过一个异国恋人用怪癖、色情俚语与性错乱来怀念青春。于是大家能看到一个七十来岁老妪，在男人怀中佯装矜持、害羞发抖。她对光绪的失望也许早已让她有废换之心，但大清帝国皇室中已无自己的血脉。她在书中的那些脏话也类似自渎泄愤。萨德笔下的《朱斯蒂娜》属于神经功能系统紊乱，即浅表性触觉无痛感，故渴望以虐待和暴力寻求触觉记忆，反抗麻木的折磨。拜伦长诗、勃兰兑斯的批评、克尔凯郭尔在《或此或彼》中的言论、莫扎特或理查德·施特劳斯的音乐、加缪的《西西弗神话》乃至整个欧洲传说中的"唐璜主义"，也属于"爱无能"或"激情无能"的隐喻，因唐璜不断地更换女人，你可以说是为了不断地体验爱与激情，但反过来说也是想寻求最大可能性，从而改变自己因无爱与无激情产生的现实窘境或生理窘境。

而在中国，《品花宝鉴》中的男色男风或者《石头记》中的贾宝玉则属于性倒错（Contrary Sexual Feeling），所谓"情不情"，就是他们无论对女人还是男子、动物、植物、花草乃至石头，都能充满一种情欲，类似情感泛神论和恋物癖的交织状态（唯一可以确定的是贾宝玉的"无用论"也具有一些现代性：人生来就是可以什么都不做的，当然这也是道家思想的演绎）。但是曹雪芹主要还是想探索巴塔耶式的命题，即一个已经知道的人如何能超越一个已知的视野的问题；至于《肉蒲团》（又名《觉后禅》）之于李渔的意义，基本上也就是《金瓶梅》之于王世贞或兰陵笑笑生的意义，所谓"移植狗肾"等过于黑色幽默之事，也无非就是对生殖崇拜的再现而已（且狗肾的隐喻实与犬儒主义相类）。只是此书行文太粗鄙简约，不敢望金瓶之项背。

另外，如"斯万的爱情"处于受普鲁斯特的环境过敏症和语言谵妄症所封闭的时间状态，其实"斯万"就是"女囚"，普鲁斯特的"此刻""那边"与"身边"等概念，都是不同角度的"过去韶光的重现"。他不存在回忆不回忆的问题。他就是回忆。当然，世界小说中用各种色情叙事表达"反道德意见""执不同政见"乃至试图完全颠覆人在宇宙中存在意义的虚无主义作品，可谓不计其数，诸如薄伽丘、乔叟、兰波、让·热内、福柯、亨利·米勒、劳伦斯、乔伊斯、纳博科夫、托马斯·品钦、尤瑟纳尔、布扎蒂或拉什迪等人的作品。就连法国新小说看似只写"物"，其目的也是为表达某种性与政治态度。而单纯地因传统士大夫之"猛志"理想失败，于是用文学寄情于社会生活琐事与无聊的性行为，将对孝道伦理的绝望自渎为"犬儒主义"的作品，大概非中国的《金瓶梅》莫属。

正如巴塔耶所言："不懂情色（érotisme）的人，和没有内在体验的人一样，对可能性的尽头感到陌生。"的确，从魏晋风度到崖山之战，我们最大的困境其实是人性与自由未能觉醒，而非文明之更迭。我们对人性的探索、面对大历史的勇气，在现世生活中的挫败感面前，也始终未能离开伦理学和原儒观（包括犬儒观），因而少了些"质胜文则野"的自觉性和激烈的内在体验。太多对有限性文化的研究，太少对"存在意义之最大无限可能性"的追求；太多被动的反抗，太少主观的挑战。故一旦传统的"猛志"遭遇挫折，不得不落于镜像，我们的选择也非常有限。无论是陶渊明式的田园反语，还是兰陵笑笑生式的色情反语，都是同一个创伤的两种痛苦形式，都不过是无奈之语罢了。

2016 年 11 月 23 日

气球上的清朝　读插图本儒勒·凡尔纳《一个中国人在中国的遭遇》

　　一般读书人皆以为，法国作家儒勒·凡尔纳是一个通俗的科幻小说家，但在我个人的记忆中，却并非如此。过去读《海底两万里》，真正吸引我的，并不是那关于潜艇或章鱼的比喻，或他对未来科学武器的构想。凡尔纳之所以让我能读下去，是因为他能将复杂广博的海洋生物学和军事学融入故事之中，让他的书零件密集，成为一个类似"谷歌"般可搜索的百科全书系统。

　　可以说，儒勒·凡尔纳和稍晚的英国作家赫伯特·乔治·威尔斯一样，都是叙事与隐喻的超级天才，是杜撰莫须有梦魇的鬼手，绝非"科幻作家"一词就能概括。威尔斯不仅擅长写火星人、隐身博士和时间机器，也写下了至今仍令人着迷的《世界史纲》，而凡尔纳一生总共创作了66部长篇小说和若干短篇小说集，外加一些剧本、一册《法国地理》，以及六卷本的《伟大旅行和伟大的旅行家的故事》等。他在很多书中都写到过中国。据说这是因为在19世纪60年代，法国诗人戈蒂耶曾掀起过一场"中国热"。凡尔纳与戈蒂耶是挚友，并通过戈蒂耶认识过一个叫丁堂林的中国人，此外他并无任何直接的中国经验。

仅凭自己的学识积累，以及阅读关于中国的书时做的大量笔记，凡尔纳便能在自己的小说《一个中国人在中国的遭遇》中，异常准确地插入清朝当下的风物、史迹乃至中国人的性格特征，这无疑需要惊人的天赋，对于一个从未来过中国的西方人来说更是如此。正如该书最新汉译本的译者威廉·鲍卓贤（William Butcher）所云："要准确评价小说家是如何描写中国王朝的，需要对中国和欧洲 19 世纪文化了解得非常透彻，即以李约瑟的深度、凡尔纳所引用的 78000 卷百科全书的广度、郑和船长的精力去探讨。"

《一个中国人在中国的遭遇》这本书，是我最近在闲暇时一口气读完的。

我能手不释卷地读，一来是因为这本书故事不长，二来是它有不少近似超现实主义的修辞，甚至比故事更能吸引我。如在第一章的结尾，凡尔纳写道："这是 4 月 27 日的晚上，中国人发现了神秘的自然规律，将整个夜间分为五更，此时刚过头更"，或者当某人说话时，"茶叶都在茶杯里立起来了"等。

为了表现自己对清朝的"无限了解"，凡尔纳在《一个中国人在中国的遭遇》这本传奇中，不惜笔墨地臆造了一个从广州、上海、南京、襄阳、汉口、西安走到天津，再从通州到北京的紫禁城，最后经过塘沽入海口下海，遭遇海盗、风浪和鲨鱼，又直抵蒙古沙漠，迷踪于长城的流浪体故事。在故事里，他还写到了那些在 19 世纪西方知识分子看来非常中国化的符号，如算命先生、挂满城墙的人头，也讲述了从太平天国、咸丰皇帝、鸦片战争到《南京条约》的历史，还有衙门、碑林、渭水、黄海、寺庙、独轮车、《论语》、班昭、清朝官僚的指甲、后花园和用人的习惯等，乃至贞节牌坊、缠足和中国人如何在生前为自己预备棺材，以及出殡葬礼的规模和明陵边的狮象石雕。凡尔纳对这些皆有清晰的了解，其笔触甚至细腻到描述了煤山、白塔寺和莲花池中的金鱼。很显然，凡尔纳是想在其悬念与幽默交织的小说中，设计一张谜一般的中国风俗地图和一部百科全书。

最让我惊讶的是凡尔纳对北京城（汉城和鞑靼城）的详细描绘，几乎是一篇微缩版的"马可·波罗游记"或"利玛窦中国杂记"式的资料记录。他不仅描述了八里桥、法源寺、天主堂和孔庙等在京城的部署，以及中国婚礼和放风筝的习俗，街上示众的囚徒、警察和残疾人的混乱状况，甚至连皇太后驾崩的禁令，或北京的"大街上大约有七万多个乞丐"，"在肮脏泥泞的街道上有很深的积水坑，那些盲人、流浪汉经常掉进泥坑里"这种事他也都巨细无遗地写入书中。

当然，凡尔纳在其中还掺杂了不少西方的事物，如留声机、保险公司、私人侦探和手枪等。因为主人公金福是一个几乎"全盘西化"了的清朝纨绔子弟。

简单来说，该故事讲述的是在19世纪中期的中国，一位年轻、富裕且因家庭经商似乎已"全盘西化"了的纨绔子弟金福的遭遇。金福的性格有些麻木，他厌倦了奢侈的生活，听不进他最忠实的朋友兼老师（类似他的私塾老师或绍兴师爷）王哲人先生的真诚教导。王哲人本是太平天国义军出身，太平天国败亡后，他潜逃到金家，被金福的父亲收留，于是隐居起来，成了一个漏网的通缉犯，同时又是一个充满智慧且道德高尚的隐士。为了报答金家，并教导金福珍惜生命，王哲人费尽心机。在金福准备结婚的时候，金家在美国的股票下跌，宣告破产了。于是金福便给自己买了份高额人寿保险，准备以自杀来"诈保"，换取最后的20万美元以酬答王哲人和他的未婚妻娜娥。但他又没有勇气去死，只好把"杀掉自己"的任务托付给王哲人，并与王哲人签订了一份自杀协议书。出于权宜之计，王哲人只得同意在人寿保险协议终止前杀掉金福。

但是过了不久，当王哲人为秘密杀掉金福，消失在人海中时，金福又获知自己在美国的股票没有跌，他并未破产。可王哲人却找不到了。此后，金福便带着随时会被暗杀的恐惧，以及保险公司派来的两个"保镖"克雷格和弗莱（此二人很像莎士比亚《错误的喜剧》中的那对双胞胎）一起浪迹天涯，只为了躲避（或寻觅）王哲人。为此他历经磨难，入虎穴、栽跟头……最终不过是为了懂得人生如南柯一梦的道理。

不过，讲一个东方的故事显然并非凡尔纳的全部目的。因为这本书悬念并不复杂，甚至有些滑稽，可其意境颇美，就像凡尔纳先生自己坐着那环游地球八十天的热气球，飘过了后鸦片战争时代之清朝，进行了一场浮光掠影的旅行。这场文学中的远东冒险，也为我们中国人自己提供了一个西方人的镜鉴，如书中最生动的人物——仆人小宋的奴性。小宋最怕被主人剪辫子，但他却因常常犯错误而被一点点地剪掉辫子，原来"大约有4英尺长……现在他的辫子不超过2英尺了，如果他继续像这样小错误不断，不到两年，他就会被削成一个光头"。而最后，大家却意外发现小宋的辫子其实是假的。这个整天一遇到事只会"唉呀呀"地叫，几乎像是阿Q的人物，在西方人那种弗洛伊德式的心理演绎中，最终被修辞为一个可供我们反省的天朝国民之标本了。

再如小说的女主人公娜娥（应译为那娥），她住在北京岔口街（应译为岔道口），其第一任丈夫被凡尔纳设定为"编撰过《四库全书》的官员"。显然，凡尔纳似乎不知道纪晓岚、陆锡熊、戴震或姚鼐等人，也难以想象乾隆编书的潜在目的：销毁或查禁具有反清思想的书籍，尤其是明末遗民思想家（如顾亭林、吕留良等人）的书。凡尔纳把清廷编书想象得太伟大了。而《四库全书》除了文献意义上的宏伟，也可以说是自《永乐大典》以来对汉族典籍的一场蓄意破坏。虽然全书分经、史、子、集四部，共 79309 卷，约 10 亿字，相当于同时期凡尔纳在法国能看到的狄德罗所著的《百科全书》之 44 倍，但其性质却非常不同。那是一次清代文字狱对"思想罪"的洗牌。

不过这些唯有中国人才关心的历史，暂时并未妨碍凡尔纳的审美。

可以说，在书中，我们看到了一种很像中国，又不太像中国的中国。当然，这个本来就善于写火山、大海、地心、潜艇、飞行器、漂浮的城市、月球、机器岛、太阳系漫游、蒸汽屋和冰岛怪兽的凡尔纳，也从未忘记给清朝的中国注入他的科学幻想。在小说结尾处，他设计了一种据说是美国人发明的，类似于詹姆斯·邦德所用的"海上救生服"。穿上这种救生服，便能以平躺浮游着的人体为船，脚下拉上一支三角形的小帆，带着所有的锅碗瓢盆连续数日漂浮在茫茫大海上，而且还能在海上睡觉、用海水点火、煮茶、吃早餐和抽雪茄等。读来让人忍俊不禁，而又不得不承认这很符合西方人的幻想逻辑。

其实，《一个中国人在中国的遭遇》这个故事最早并不是以书的形式进入中国。早在 1987 年，由吴贻弓等导演的喜剧《少爷的磨难》（陈佩斯、李纬主演），便是根据此书改编的一部电影。但改编省略得太多了，那时电影不可能去大漠或海上拍摄，时间也被换到了民国，而非清朝，况且那时也没人会关心凡尔纳的原著。本书的另一个译者王仁才先生说："我曾译过另一个版本叫《一个中国绅士的遭遇》，2004 年出版。那是一部从 I.O. 埃文斯的英译本翻译的版本。其中，I.O. 埃文斯漏译了很多他认为是多余或难译的章节。而这次的译本则是从原汁原味的法文版加英文全译本译出的，补回了漏译和难译的部分。"

这些"难译的章节"，我相信正是凡尔纳关于清朝风物的那些细节吧。

最后，值得一提的些微"遗憾"，便是此书的 52 幅黑白原版插图。我很久没有看到如此精美的插图了。其绘制与技法之精湛绝伦，幻想之大气幽雅，堪与多雷版画媲美。其光影的讲究，甚至让我想起伦勃朗的素描，或萨尔瓦多·达利为《堂吉诃德》所绘制的插图。可惜，《一个中国人在中国的遭遇》之汉译本似并未注明这些插图的作者。在如今资本主义"知识产权"盛行的年头，作为一个苟且于书斋的"天朝读书人"，实在有些过意不去。不过，就像凡尔纳先生虽在 1876 年博览清朝史记杂学，写下了《一个中国人在中国的遭遇》，甚至在书中还写到 1860 年 9 月 21 日"咸丰皇帝的叔叔僧格林沁将军被法国和意大利逼退后，就停留在这座八里桥上"的八里桥战役，却基本不提火烧圆明园之事一样，我们的出版家们也会佯装不知外版书之插图也是有版权的吧。

终于，这皆是些气球上的事，不可认真。从这个意义上说，无论法国还是中国，也无论是讲飞碟与热气球的科幻小说家，还是从小听六朝鬼故事长大的天朝顺民，其侥幸于"此事无伤大局"之庸众心理，也都和那个害怕被剪掉假辫子的小宋一般见识，或皆为一丘之貉耳。

2011 年 7 月 31 日，北京

喻血轮辞海

谈民国喻血轮《绮情楼杂记》之大陆首版

　　丑年岁末，当在京城最后一场冬日飞雪中煮酒读书时，我意外收到一位本素不相识的文友眉睫先生寄来的书：喻血轮的《绮情楼杂记》。眉睫大约是因年前偶然读到了我的《喻血轮辞海》一诗，便主动寄来了这本新版旧书，此事让我感激不已。而喻血轮这个名字，也迅速将我带回到 20 世纪 90 年代初，那些在前门西半壁街幽居的韶光中。

　　那时，我住在胡同昏暗的老屋里，每每寂寥闲暇之际，便潜心展卷。心情阴郁时，会徒步从前门大街一直走到琉璃厂，大约有半小时路程。20 世纪的琉璃厂旧货繁杂，民国书刊与古籍堆积如山，对任何痴迷墨海者，皆是一个绝佳的去处。我是在一排降价书的缝隙里，偶然看到吴醒亚批本《林黛玉笔记》的。我最先不是被林黛玉吸引，而是被作者"喻血轮"这个奇怪的名字吸引（因"血轮"本为道家词，古人将血内气泡化为血球，称为"血轮"，一滴血或一粒红白血球，称"一血轮"。医学上，上下眼睑连接处也叫血轮，即隐约含有"血泪"之喻）。打开一翻，喻血轮文字之萎靡惊艳，更让我爱不释手。于是

142

立刻买了。近代文学史从来不提此人，我甚至还有一丝莫名的疑虑：这是不是一本伪书？因这书是新影印的所谓清人"古籍"，而一个清朝文人怎么会写这种类似意识流的日记体小说？封面和扉页上，都堂而皇之地标明喻血轮是"清人"，生卒年不清楚，前言里还说其"工愁善病，喜读《红楼梦》"之类，语焉不详。

后来才渐渐知道，这是一个被历史几乎完全遮蔽在黑暗里的人。

其实喻家世代书香，出过很多人物，如祖上与桐城派渊源颇深的喻化鹊、喻文黎，以及喻血轮的兄弟，即写过《喻老斋诗话》的喻的痴等。喻的痴在1951年被"不明真相的革命群众"枪毙了。类似喻血轮这样的旧文人，自然也只好亡命海岛，了却后半生了。况且大陆在20世纪50年代之后，对民国白话小说文献忽略得何等干净，当然没有他的立锥之地。

喻血轮（1892—1967），湖北黄梅人，是近代鸳鸯蝴蝶派早期作家之一。1911年，他也曾参加辛亥革命，是一名学生军。20世纪二三十年代，他追随吴醒亚，任其秘书，连续几十年在国民党宦海中沉浮，也是一位有名的报人，写有《芸兰泪史》《林黛玉笔记》《蕙芳秘密日记》《西厢记演义》《悲红悼翠录》《名花劫》《双溺记》等长篇小说，以及比较为人所熟知的《秋月独明室诗文集》。1949年，喻血轮赴台，写下了《红焰飞蛾》《绮情楼杂记》《忆梅庵杂记》等书。他直到1967年才去世。

喻血轮是唯美的语言鬼才，如《林黛玉日记》出版于1918年，当时喻血轮才27岁。这是民国白话文学史（或半文半白时期）最早的日记体小说，也是近代泛红学写作的一个实验小说标本。虽然鲁迅对鸳鸯蝴蝶派一直反感，并称此书"它一页能够使我不舒服小半天"，20

世纪 50 年代的理论界甚至将其训斥为"庸俗拙劣的小说"，但这些话并不能抹杀它脱胎于文言的幽美和缱绻气息。正如我们不能因白话、通俗或"小资"等浅薄之标签，便将早期民国汉语的实验作品盖棺定论了吧。仔细研读过此书后，虽然知道喻血轮其实刻意模仿了《石头记》的口吻，但张爱玲、胡兰成、徐枕亚或周瘦鹃等又何尝不是呢？即便是拿它和普鲁斯特《追忆逝水年华》之细腻相比，也未见得一无是处。而在革命的年代，这种美自然是不合时宜，常会遭到"文学烈士"之鄙视的。因 19 世纪以来，中国文人便流行一种怪癖：总爱争先恐后地标榜文学的社会责任。殊不知烈士之形成从来与社会学无关，而是心学。或用明人袁宗道常引朱熹之言："真正英雄，从战战兢兢中来。"

在我看来，中国文学人物中第一等激烈人物，并非李逵之流，而是林黛玉。因莽夫流血皆是一时的，而黛玉之血泪，则是点点滴滴，无时不流，无漏不尽，直到死去，即所谓"滴不尽相思血泪抛红豆"，所谓"无立足境，是方干净"。这种带着挫骨扬灰、肝肠寸断亦绝不后退般的"觉有情"而忍受之"长痛"，实在是比关老爷刮骨疗伤更具神性和耐力的事。

那些总是叫嚣得最凶的文学匹夫，其结局却往往意外无趣。

从这个意义上讲，20 世纪 20 年代的喻血轮和所有民国官僚一样，出没官场，遍历战火，其实是对这片大地太多的死亡、烈士或血腥有所见证的一代，他岂不也为一战战兢兢之激烈的人？岂能不懂社会责任之意义？只是他懂得语言的张扬不如语言的内敛更有力。他后来所著《绮情楼杂记》便是这样一本书。书中不乏北洋怪事、辛亥风雷、军阀八卦、遗民趣闻，他以稗官野史的笔法，阐述了民国百态，不过皆从一个侧面去表现。从林琴南、张之洞、李鸿章、张佩纶、熊希龄、叶德辉、胡汉民、梁启超、吴佩孚、黎元洪、张勋、景梅九、苏曼殊、马君武等名流轶事，到中国空军逸史、革命和尚、老虎的笑话、陈布雷的诗、伍廷芳的灵魂学、汉奸二王（王揖唐、王克敏）、地狱内阁、登龙术、寒山碑、复兴石、三海鱼、腐化记、汉口惨案、签字机器，乃至晚清奇僧、慈禧学琴、定庵赌癖、蔡钧诗史，以及民国人物之名娼、怪杰、诗丐、茶丐、招亲、杀妻、巧联、宿孽……真可谓蔚为大观，不一而足之袖珍百科全书也。

虽迷恋黛玉之美，但对天下内乱之气象，喻血轮亦从未忘记。

但这种不忘，却并非执着记忆，而是类似孔子所谓"游于艺"之不忘。如喻血轮在该书《自序》中所言："（作者）滥竽报界可二十年，浮沉政海亦二十年，目之所接，耳之所闻，知道了许多遗闻轶事，野史奇谈。譬如看戏，看见过好戏，也看见过坏戏，看见过文戏，也看见过武戏……孑然一身，每于风雨之夕，想起这些故事，恒觉趣味弥永……虽私家记述，不足以付史亭，然酒后茶余，亦可资为谈助。"

从笔记文学传统观之，喻血轮此书一部分自然是继承了《世说新语》乃至唐五代如《酉阳杂俎》或《朝野佥载》等古籍的传统，一部分也因此书本为旅居台湾后所著，便除故国记忆外，也流于道听途说之滥觞。此类文字，清末民初时的确不少，如袁克文之《辛丙秘苑》等。纵然如此，其挑剔时政之幽默、捭阖旧史之风骨，仍历历可见。

譬如其中记载章太炎调侃日本警察，填调查表时云："职业：圣人。出身：私生子。年龄：万寿无疆"；记载妓女陈怡红因屁股大而肥美，故被称为"臀后"；谈"蚌帅"倪嗣冲死时，躯体缩如小儿，谓系梅毒作祟，堪称"奇疾"；也记载了胡适讽刺杨杏佛为大鼻子之事，此篇不长，可引如下：

鼻，为五官之一，位置虽无大异，形状却有高低不同。有所谓隆准、悬胆、竹节、鹰钩诸名称。旧说人之胚胎，鼻先受形，故称始祖为鼻祖。今世生理学家似无此说。曩在沪被刺之杨杏佛，鼻最大，胡适尝为诗嘲之曰："人人有鼻子，独君大得凶，直悬一座塔，倒挂两烟囱，亲嘴全无分，闻香大有功，江南一喷嚏，江北雨濛濛。"此形容大鼻，可谓尽致。胡氏作诗，向为白话，惟此系五言律句，虽类似打油，而韵味甚佳，从知胡氏固善调侃人也。昔宋刘贡父，邃于史学，与司马光同修《资治通鉴》。其为人疏隽，不修威仪，鼻踏，眉脱，为状甚丑。苏东坡素与善，尝赠以诗曰："大风起兮眉飞扬，安得壮士兮守鼻枞？"此亦诙谐有趣。

文虽不长，但画龙点睛，掌故与时事兼而有之，实自由挥洒之笔法也。

窃以为身兼报人、政客、鸳鸯蝴蝶派作家和诗人的喻血轮，其黛玉之嗜，或被"烈士们"看不上，但《绮情楼杂记》却是一部真正的"辞海"，读之让人忘倦。在人生阅历上，喻血轮虽一直追随吴醒亚从政，但最终一事无成，且也有颇多伤心事。他29岁便尝到了丧妻之痛，其妻蓝玉莲（笔名喻玉铎）著有《芸兰泪史》《芸兰日记》等书，后来喻血轮编有一册《孤鸾遗恨》纪念之。此二人作品在大陆皆长期湮没无闻，无论是否受到政治遮蔽，皆为读书人之憾事。今日读眉睫先生整理的有关喻血轮年谱，不知缘何，也只写到民国十八年（1929）为止，喻血轮当时才38岁。这之后的历史，便模糊不知了。赴台后，他除了写作《绮情楼杂记》，还有着怎样的生活，这成了一个暂时的空白。

或许这空白也是美妙的、惬意的，仿佛他真的是一位文学之

"清人"。

尤其难能可贵的，是他在这世界满是批判时，却保持着一份柔情和平常心。

这平常心，是对前朝遗民之一切有所思。通过他的留白、虚无和零星片段，历史也有了鲜活的气象。以至于掩卷之后，每当忆起这位骨子里有魏晋风度的弄潮儿，哪怕他后半生真的是庸碌无为，失败之暮气也因其文字——从黛玉口吻的幽雅缱绻到民国奇谈的风雷之声——得到了拯救。近代文学史必有他的地位。因他那激烈与柔肠并存的性情，确为那个充满火药味和口诛笔伐的亡国年代，平添了一丝传统士人的香艳霸气。再退而求其次，或许这也是"下士立言"的必要性和读书人内心最后的尊严了吧。

2011 年 4 月 25 日

与身俱存亡

袁克文旧作及《寒云藏书题跋辑释》之短札

从小便隐约耳闻过"寒云词"，但我第一次真正读袁克文的书，却已是 2000 年上海书店为《辛丙秘苑》出无注释排印本时。在过去，儿时的我们若听到袁克定、袁克文（号寒云）兄弟之名，直接反应仍是与其父袁世凯（"反动军阀或企图复辟帝制的伪洪宪皇帝"）相关。对都喝过一口"老子英雄儿好汉，老子反动儿混蛋"这一出身论狼奶的中国人而言，若一个人是反面的，其家眷便自然也会陷入意识形态之原罪。直到 20 世纪八九十年代各类旧书再版的兴盛期，民国文学与旧史料笔记，才越来越多地恢复了昔日的韶光。

袁克文是一个比纳兰性德更具有悲剧性的人物，他是诗人、藏书家，也可以说是一位名副其实的皇子。袁世凯有十七个儿子，十五个女儿，但对袁克文偏爱有加，也曾想过立他为太子。世间曾把他与张伯驹等并称为"民国四公子"，实为一种贬低或俗套，他的身份与才华都不是另外几人可比的。这不仅因其父是真实登基过的皇帝、就职过的第一任大总统，更多的还是他自身的文学性与传奇性。当然，父亲的背景后来倒成了累赘，而袁克文最终仍要还原成最本真的性情散淡之身，即晚清民国之一代文人、词人、昆曲名家票友、书法家（其书法成就不亚于张伯驹）、天津青帮大字辈"老头子"、花花公子、"反对皇帝的皇子"与一个最终在文化救赎里中年夭折的没落贵族和读书人。

上海书店版的《辛丙秘苑》薄薄一册，却囊括了《辛丙秘苑》《洹上私乘》《三十年闻见行录》《洹上词》《寒云日记》等文，袁克文一生文字精神，大抵如此。除了自述家史、近代掌故与他的词，其中也不乏具有魏晋风度与《世说新语》反讽之风的笔记，如《辛丙秘苑·当代柳三变》一则，谈到清末"寒庐七子"之一的诗人易顺鼎之事，云：

> 易顺鼎以作艳诗侮唐在礼妻，遂失参政。后赵维熙呈举为肃政史，已将下令，顺鼎忽以赠津妓李三姑诗刊于报，嫉之者以报上呈。先公阅其诗，有"臀比西方美人臀"诸猥亵之句，顾左右曰："是人如此放荡轻薄，堪为肃政史耶！"令遂寝。顺鼎终于印铸局参事，美人之贻也。

易顺鼎在辛亥前于清廷还是有所建树的，他曾入张之洞幕府，也曾两渡台湾，助刘永福之战。但辛亥后，易顺鼎一度贫困潦倒，漂泊京师，醉倒于烟花梨园之处，靠袁克文的友谊与帮携，进入洪宪权力的范围。不过易顺鼎最终还是因不得志在上海郁郁而终。袁克文的片段记载（包括该书中另一则篇幅略长的《易顺鼎惹祸》，更是详述了易顺鼎与几位名媛在聚会席间"击筋狂吟"，后又写诗登报之事的尴尬遭遇）皆大有传统"语林"笔法，可谓对这个晚清名士因仕途失败，便在对诗歌、昆曲与狎邪生活的追逐中消耗余生的精彩写照。而整部

《辛丙秘苑》之行文，包括其谈"刺宋案"，谈张振武之死，谈段祺瑞、徐世昌或梁鸿志等，无论是否为史实，也皆可视为"世说门下走狗"的又一次浮现。尽管这本小书的体量并不大，然气息仍是六朝式的。其视野之深度与重要性，亦足可超越黄浚的《花随人圣庵摭忆》或喻血轮的《绮情楼杂记》等书。

第二次读到与袁克文有关的书，便是李红英所著《寒云藏书题跋辑释》（中华书局，2016年）。袁克文是近代藏书名家，李红英博士因在国家图书馆古籍馆工作的关系，得以阅见很多袁克文旧藏，并为这些古籍一一作爬梳整理，追溯渊源，分为"八经阁中的嫏嬛秘宝"（经）、"蒙叟挥泪两《汉书》"（史）、"莲华精舍中的清净"（子）与"三琴趣斋主人的词曲人生"（集）四部，大约有八十余种，非常详尽地介绍了袁克文旧藏的题跋、款识、版本、来历等等。其中古籍的书影之美自不必说，可谓朱墨灿然，满纸含香，此外还收有袁克文的近百枚藏书印。他为每一册古籍题跋的书法之精妙，其行楷乃至篆隶"折金钗"之功底，以及他对这些藏书的专注与珍爱之情，都令人对寒云主人的性格与文化倾向有了新的认识。

尽管近代史上都说袁克文与其兄袁克定不睦，后期无来往，而且袁克文是反对父亲搞洪宪帝制的。但这并不影响他对帝制下传统文化的热忱，尤其是对读书的热忱。这里所言读书，完全是指读古籍。我并不清楚袁克文对西学东渐的具体看法，但以他藏书的单纯性来揣测，他应该是不太在乎西方文化的。

袁克文从小受到传统文化的熏陶，不仅藏书，也收藏各类文物，如其"三琴趣斋"便是因藏有三张古琴而得名。浸淫藏书之后，他的阅读视野可能更广阔也可能更偏僻了。他的藏书种类非常广泛，仅1915—1918年便入藏有上千余种古籍善本，限于篇幅，此不赘言。

《寒云藏书题跋辑释》中除了经史与名刻本，也有纯美之物，在此仅举一例，如有一册明覆（又说清覆）宋嘉定刻本史弥宁《友林乙稿》，是傅增湘代袁克文购藏的第一部黄丕烈"百宋一廛"旧藏。书影为《青山》一首：

> 青山见我喜可掬，我喜青山重盍簪。
> 石鼎车声煎玉乳，竹炉云缕试花沉。
> 三杯暖热渊明酒，一曲凄清叔夜琴。
> 莫怪相看能冷淡，交游如此却情深。

此书字体仿褚（遂良）、薛（稷），隽丽典雅，历代有多人钤印，因刻工幽美，所以一开始都觉得是宋刻本。后来又论证为明或清影宋刻本。但无论究竟是否为真宋本，袁克文都对此书珍爱异常，每次展卷必题跋、钤印，从1915年得书到1929年，十几年间他反复阅读，跋了六七次。跋文所谓"嗜之深，求之切，此志当不让前人"，一点不虚。他与书的关系，也如上文诗中人与青山的关系，是一种淡然的深情。

古籍浩若烟海，天下藏书不可能尽读。但读书本身却有"尽头"。大家可能都记得过去金克木曾提到陈寅恪先生幼年拜见历史学家夏曾佑时，夏曾佑对陈寅恪说过"书读完了"的故事。中国古书中最重要的那些书，其实数目是有限的。一个人在有生之年，虽不一定能全读通，但在数量上是能"读得完"的。所谓读完，也并非一定要求全求通，而是要有一种"求诚"之心在。正如清儒章学诚《文史通义·假年》所言："客有论学者，以谓书籍至后世而繁，人寿不能增加于前古，是以人才不古若也。今所有书，如能五百年生，学者可无遗憾矣。计千年后，书必数倍于今，则亦当以千年之寿副之，或传以为名言也。余谓此愚不知学之言也。必若所言，造物虽假之以五千年，而犹不达者也。学问之于身心，犹饥寒之于衣食也。不以饱暖慊其终身，而欲假年以穷天下之衣食，非愚则罔也。传曰：'至诚能尽其性，则能尽人之性；能尽人之性，则能尽物之性。'"也就是所谓"人之学为圣者，但有十倍百倍之功，未闻待十倍百倍之年也"。

十倍百倍之功，就是一种至诚。袁克文或许就是这种"至诚"的读书人和藏书家。他同时也是诗人，尤爱宋刻本的韦应物、鱼玄机、周邦彦之善本。他似乎也像古代那些才子诗人一样，具有悲剧性的命运。他只活了四十二岁。他曾因得宋人王晋卿《蜀道寒云图》而自号"寒云"，并以此号行世。据李红英在"述略"中言，袁克文师事扬州方尔谦，以及版本学、目录学大家与藏书家李盛铎，袁克文"藏书大约始于1908年前后，如果大体以1918年底为界，至少有十年的时间经营古籍善本，几乎占其一生三分之一的时光"。1916年后，父母去世，袁克文心摧肠崩，鬻文于海上，他的"觅书之苦，爱书之切，购书之狂，得书之喜，散书之悲"，从题跋里都能感受到。他的"日溺书城，不复问人间岁月"的那种文化痴性，在民国浮浪烟花的各类贵胄子弟中是非常难得的。他最投入的藏书生涯虽短短十年，但依然可见其对读书之深爱。而1919年之后他的生活逐渐拮据起来，入不敷出，只好开始变卖散去自己的收藏。他去世后，藏书流散各处，很多被傅增湘、叶德辉、丁福保等大藏家收购。他对古籍的爱，是令人非常难忘的。正如近代藏书家伦明之诗所吟：

　　一时俊物走权家，容易归他又叛他。

　　开卷赫然皇二子，世间何事不昙花。

梦幻泡影中的袁克文，其俊雅高贵的外貌亦如其文气，几乎可以立刻唤起大家对历史上那些皇子诗人（如曹子建、李后主等）的想象，不过诗的水平不可同日而语。袁克文的处境非常不同，他是在晚清走向灭亡、西学东渐与洪宪帝制复辟失败，二次革命、白话文、新文化运动开始发端，而更激进的苏俄式革命也即将到来的时期，开始自己的藏书与写作生涯的。他或许不仅意识到某种"古籍与生命同在"的绝望感，而且因多病与急症步入了绝望本身，甚至可能是意识到了某种"文明正在毁灭"的绝望感。这种文明，如果说不是帝制，最起码也是顾炎武式的对华夏文化之"亡天下"的危机感吧。譬如他的《洹上私乘》虽是个人对家族史的一册小小的忆述，却遵循了官修二十四史的编修方式（袁克文1915年曾任清史馆纂修），分了纪、传、志、事等卷，来记述袁世凯及其家族的事迹。这不也是对帝制模式的一种缩影式的文化怀念与追随吗？袁世凯称帝后不久去世，二子境况由盛转衰。长子袁克定本来是正式的太子，20世纪30年代后却须变卖家产谋生。后期则更凄惶，正如章诒和在《往事并不如烟》一书中所追忆的：袁克定因在北京沦陷八年时拒绝任伪职，后家财耗尽，从颐和园搬出来后只能寄宿在至亲张伯驹家中。但即便潦倒，袁克定仍"住在楼上，满屋子仍都是书，以德文书最多，他这个人儒雅正派，每日读书译述。我们家的诗词书画，弦歌聚会，他是不下楼的"。袁克定暮年靠中央文史馆发工资度日，一直活到八十岁，1958年后在张伯驹家中去世。而由"皇二子"蜕变为藏书家的袁克文，大部分时光则醉心于中国传统书画与古籍。他是1931年在天津去世的。他生前虽纳妾十五人，情妇多达七八十人，为一册古籍不惜重金，但死时家中却支付不起丧葬费，只好由青帮中的徒弟与友人们捐赠才能出殡，津北一带僧道尼姑都来为他送葬。而此时的中国即将大乱，内战、围剿、叛变、十六省洪灾与九一八事变几乎同时爆发，北洋旧部势力与大革命的梦想烟消云散，早已到了《寒云词》所吟"老去伤秋惯，又匆匆，西风换了，几家庭院"的时代。袁克文生前在最喜爱的藏书上都钤过"与身俱存亡"之印，此印文有阴阳两个，刻工精绝，不知谁是篆刻者。虽然袁克文并非想效法梁简文帝，要让藏书随自己陪葬，但他最起码也算是表达了这一份激烈的心境吧。

我们现在读书、藏书、爱书的人也不少。即便在电子版当道的时代，迷恋传统线装古籍阅读体验的人，也并不罕见。但因迫于环境条件与现代印刷术的普及，也因线装古籍的成本太高，大多数人对那些天价的善本书只有垂涎遥望之份，遑论收入囊中。即便在过去，大约也只有袁克文那种自幼挥金如土的贵族文人，才能完全不考虑买书的经济负担与实用性，真心投入这种对文明本真的爱。现代以后，由于文化模式、汉字简化与新兴阅读方式的不断变异，连汉字的美学基因都被修改了。在我看来，读现代排印本的古籍，实际上根本不能理解汉语与汉字的魅力，只能大略懂得其中写的内容而已。汉语被严重工具化了。故今人读古书，实在更难以做到"与身俱存亡"那种挥洒之境界。因他们早已没有了对那文字载体本身（即书）的尊敬与珍爱。尽管实际上很多书还来不及陪伴袁克文走到最后，便从他手中流失了，但那枚令人有痛心之感的藏书印，就像一块传统阅读与记忆的烙印，永远地留在了那些古籍上。那里能见证一颗中国读书种子最后的挣扎与对文化的向往，也能倒映出一个失败皇子虽然并未建立千秋功绩，却因对汉统的眷恋而留下的传世魅力。

2019 年 1 月

后野史时代的怪癖 偶读陈巨来《安持人物琐忆》

　　自今年上半年始，一卷半文半白的"人物传记"在读书人之间流传。这便是陈巨来之《安持人物琐忆》。陈巨来，名斝，字巨来，号塙斋，别署安持老人或牟道人、石鹤居士等，其斋名也叫安持精舍。他面貌奇古，扇风耳，尖下巴，身材瘦小，状若干宝《搜神记》中的妖精，或山魈小鬼。但其目光炯炯，若翱翔欲俯冲之鹰隼，前额宽大而鼻梁挺拔，堪称古貌异人之奇相。陈巨来本是原籍浙江平湖而寓居上海的近代篆刻大家。自民国后，他与无数名流、美人、文友与书画家多有深交，如吴昌硕、吴湖帆、陆小曼、张大千、袁克文、溥心畬等，后来便将一生见闻，以野狐禅式之秘密随笔法记录之。其行文笔法，不让刻刀，堪称参透乱世百态，耳食心照，点染四十年目睹之怪现状，篇篇皆有"人情练达即文章"之气势。

　　不过，从今日之社会角度来看，《安持人物琐忆》里的掌故，也多有八卦幽默之风。文言白话相间，不仅叙事是信笔写来，就是引用别人之诗文时，陈巨来也是很有"做大事者不拘小节"之精神的。他常常懒得翻书，全凭记忆，如他引用袁克文诗谏袁世凯的名句"绝怜

155

高处多风雨，莫到琼楼最上层"，却误记忆成"……多风雨，风雨莫上最高层"。仅仅十四个字，竟然漏记四字。可见陈巨来虽刀笔阐幽，心羡魏晋，有时亦非严谨之人乎？

但这些文字瑕疵，并不会掩盖陈的性情和一颗细腻、机巧的心。而且这也从某种意义上证明了他不是一个掉书袋的文人。

我们暂把本书称作是有野史怪癖的"世说新语"，是因为陈一贯赞赏的名人风度，如他提到胡适当年与陆小曼关系暧昧，一度伺机想将陆小曼收为己有时说：

> 据小曼坦白云：适之夫人为一老式父母之命媒妁之言而成亲者，他对小曼颇有野心，以志摩老友也，故无从下手，他之力促志摩安慰林氏，存心搞成梁林离婚，俾志摩与小曼分手，他可遗弃糟糠之妻，而追求小曼。及志摩死后，胡曾亲慰小曼云：不必靠徐父之三百元，以后一切他可负"全责"云云。

关于林徽因也有记载，说她曾以同样一封电报，群发五份给徐志摩等人，以求众人热捧。徐志摩知道后既伤心，又愤怒，于是便舍林而求陆。更绝的还有一些令人忍俊不禁的民国怪事。如陆小曼有一女同学管三小姐，曾为北京协和医院护士长。其夫周亚尘，原系铁道部一二等科员，被铁道部次长陈地球特拔升任某铁路局长。她后来告诉陆小曼，她其实是陈地球的外室，陈惧内，所以用周作掩护。陈地球为防不测，还"买一个西欧锁阴套套住，非陈开锁不能与任何男性性交"。

在书中，陈巨来描写得最细腻的人，除了溥心畬这样的文友，更多的还有袁克文这样从贵族公子到青帮门徒，游走于藏书、妓女、鸦片、古玩、官场和文学中的一代名流。书中对袁克文如何谦逊有礼，如何收藏海内孤本时一掷千金，如何蔑视一般权贵从不还礼，又如何做事无恒心，娶了七八房姨太太，或被小妾卷走所藏字画，如何去逛窑子，又如何嫖而不淫，从不在人前流露狎邪之气等，皆是手到擒来，如数家珍。

除了善于写花花公子，陈巨来也常写到鸳鸯蝴蝶派的周瘦鹃这样的痴情典故，如：

（周瘦鹃）斋名紫罗兰庵，有一段失恋伤心史存在：他少时尝与一女士谈恋爱，有白首偕老之盟。女西文名紫罗兰，亦姓周，为双方家长所不允，因旧俗同姓不婚也，是以不谐矣。故他遂取此花名为庵，并制一小锦袋，以周女所写情书装入，冬夏春秋，总挂在内衣中，以作纪念云。

陈之书，内容异常驳杂：或写大词人况公周仪住屋大厅上不设一几一桌，空空如也，厢房门上贴一副南北史句，上联"钱眼里坐"，下联"屏风上行"，横批"惟利是图"；或写吴昌硕七十纳妾，但小老婆却跟人跑了，于是吴昌硕便自嘲曰："我情深，她一往"；或如章太炎以古奥艰涩之古文为人作祭文，他人无法读通，请其自读，章竟亦不识；或如陆小曼与众人之间的是非恩怨，互相揭发，陆小曼晚年难戒之烟瘾，死时，身边除了女儿丫鬟，朋友仅剩下陈巨来一人；或云张大千十分好色，收女弟子后，总是动手动脚；或写盛宣怀的奢华葬礼，后人浪费资产，加上革命、土改，大浪淘沙，七小姐也终成愚园边的"无产阶级"；或写程潜、杨虎、丰子恺、章太炎、马通伯、杨云史、陈病树、邓粪翁（散木）、步林屋等民国浮云；又写十大狂人事、李烈钧与华夫人、太极形意八卦内家拳事、纨绔荒唐子弟、弹词艺人、造假行家、票友、贵妇人、盖叫天的笑话以及张伯驹、俞振飞、徐凌云等人的戏曲往事；更写那时悬牌行医者趣闻、商贾雅好、书法家、诗人或洋泾浜的混球等。真好一部民国文武昆乱不挡之"近代诸子野史集成"，或又一"世说门下之走狗"也。

陈巨来本身力攻篆刻，师承清末书画篆刻大家赵叔孺，后专意于元朱文，其刀法细腻入微，精工铁线，边款时有时无，刀笔皆中锋瘦硬，力追魏碑，其元朱文印更有"三百年来第一人"之称。据说，当年如吴昌硕、张大千、吴湖帆等人用印，也多出自陈巨来之手。陈巨来生平刻印数不下三万方，乃是海上巨匠，一代金石之天才人物。也正因为如此，陈巨来与很多人私交甚厚，窥见不少隐私与尴尬的笑话，故写起人物来，完全荤素不忌，挥洒疾徐，猛料迭出，时而令人心惊肉跳，又时而令人临窗喷饭。

陈巨来一生因篆刻得名，也曾因篆刻遭劫。20 世纪 30 年代时，受梁鸿志招募，他曾出任过日伪时期的铸印科科长，诚如他自己说的，"做了几个月的'汉奸'"。后来梁鸿志被枪毙，似陈巨来这等文化人物，尚能过关。除了写书画家们的风流八卦，关于梁鸿志之类的历史人物，陈巨来还在书中有一些难得的回忆，如：

> 梁氏平日总是手不释卷，所作诗，内行一致佩服，认为仅次于郑海藏、陈散原云，故凡擅诗文者，有所求，辄委为秘书或厅长也。

由此可见，日伪时期的官员，虽有"曲线救国"之荒谬，但也时常被心中之传统文化倾向所左右。陈巨来将梁鸿志的诗歌水平，与郑孝胥（号海藏）、陈散原等相比，可见非同寻常。类似旧文人在文学与政治间的徘徊境遇，我们在汪精卫、胡兰成或黄濬等人的著作或逸闻中，也能看见一些。而且据陈巨来说，梁鸿志在上海提篮桥监狱临刑前夕，还曾写过《七无诗》等不少七绝诗篇，但陈巨来只记得"儒家烦恼缘多事，不信空门事更多"等零星四句。这大约是民国乃至晚清"同光体"诗歌时代最后的残句标本之一了，然因梁鸿志的诗稿后被其妾全部焚毁，无法追忆，殊为可惜。不过，在梁鸿志手下的那段经历对陈巨来以后的人生有什么影响，"琐忆"中却一点没说。也许陈尚另有文章秘而未宣，也未可知。20世纪50年代后，陈被打为"右派"，"文革"中也曾身陷囹圄，想来多与此历史有关。《安持人物琐忆》中凡是语涉政治之处，作者或唱一两句赞歌，或战战兢兢不知所云，如提到女画师陈小翠"文革"中不堪受辱而自杀时，陈便只慨叹一句："呜呼，盖又一不信党和政府终有宽大政策之人也。"又如，写到女画家庞左玉自杀时，甚至称为乃"旧社会封建小姐之恶习烙印有以害之也"。这些类似意识形态的话，实在与他别的文字太不协调了。

窃以为，最可惜的是，陈巨来书中没有真正写过自己。

我说的写自己，是指写人性微妙的变化或心史。

写史"无我"，这也是中国文化的一个典型问题，或曰难以客观的怪癖。因中国没有西方基督教文化传统那种忏悔主义和自我赎罪之精神。即便是汉武帝写《罪己诏》或鲁迅所谓"我的确时时解剖别人，然而更多的是更无情面地解剖我自己"之类，说到根本，仍仅仅是一种文化修辞或批判罢了，远非成为本能的文化人格。

陈巨来的书中，写旧时文人相轻、同行互嫉等琐事甚多。其所述故事，真真假假，难以分辨。但通观全书，几乎每个人都有二三劣迹、绯闻、怪癖或笑话出现，读来趣味如高级八卦，极大地满足了一般读书人的窥视欲。而他唯独对自己的爱情或隐私完全不提，清澈幽默如出水之莲花。这种选择性记忆之新野史写法，也是相当明显的。在我看来，一切人都有人性的缺点，也都有年少轻狂荒唐之事，这些在近代离乱、传统文化颠覆与国家机器中翻滚过几圈的文人，或以风流多情见长的前朝遗民、官场贵胄、名公巨卿和与脂粉红颜为伴的艺术家们，都不是例外。这是人伦之表象，也是任何时代都少不了的中国文化怪癖。倘若涉及自己的私事，便另当别论，或有自我诠释甚至超脱之嫌，这就落入了俗套，也就少了一点《世说新语》中魏晋古人那种敢于自渎的狷介风度了吧。好在陈巨来的外孙孙君辉，在本书的后记中，引了陈的一段话说："人要死在别人的脚底下，而不要死在别人的手掌中。如果某人死后，大家跺脚感叹，大呼可惜！可惜！说明此人是好人。如果此人死后，大家鼓掌叫好，那此人肯定生前令大家讨厌。"

本书于 20 世纪 90 年代曾在《万象》上连载近七年之久，特受欢迎，从这一点来看，安持老人于一生逸闻与尘世挣扎中，终于也谱写了一卷近代"人物志"。这总算是死在脚底，而不是死在掌中了吧。果如此，便幸甚至哉。

2011 年 9 月 7 日

革命式绝望

雪有一部分是黑的。

太阳比伯罗奔尼撒更大。

火元素占优势时才称为火。

心是一切运动的根源。

这些话都是古希腊阿那克萨戈拉（Anaxagoras）所言，过去为"哲学"，如今可以为"意象"。很多事角度不同，结论则不同。在《现代世界文化词典》（*Dictionary of Modern Culture*）中，威廉·莱尔（William A. Lyell）教授所撰"鲁迅"词条，将其文学成就的顺序依次排列为"译作、小说和杂文"，并且反复强调了鲁迅对翻译的重视，说他在晚年"不断敦促他的作家同行们用更多的时间把外国作品译成中文，因他认为译作的作用比低劣的创作大得多"。但在词条前面，他也提醒我们，说鲁迅的"第一篇小说为文言文"，写于1911年辛亥革命前夕，标题名为《怀旧》（最初发表于1913年4月25日上海《小说月报》，署名周逴，后收入《集外集拾遗》）。当然莱尔并未提及更早的《斯巴达之魂》（1903 年），也许是他并不知道此文。中国读者对鲁迅小说的记忆，一般都始于作为白话文开端之《狂人日记》（1918 年），而《怀旧》与《斯巴达之魂》等则几乎被遗忘了。

鲁迅是极具矛盾性的人，并非后世之神化、偶像化或妖魔化所能解构的。无论说他是新文化运动的激进分子、投枪者、偷窥者、"空前的民族英雄"还是内心黑暗"有性格缺陷的人"，这些都是误导，是对鲁迅作品缺乏全面认知的言辞。简单而言，国人大多是得意时便喜欢胡适、林语堂，失意时便喜欢鲁迅、周作人；前者让人从容一些但还不至于无耻，后者让人能透彻一点但还不至于自羞。若两者皆无所谓了，便又会喜欢起张爱玲、陈寅恪来。但那一代人的本质都是具有革命初衷之绝望的。

记得在《怀旧》中，鲁迅通过孩子"吾"的视角，描写了在长毛之乱（长毛即太平天国军）时的乡村，地方乡绅金耀宗与私塾老师秃先生的反应，其中对传统的讽刺与深刻的无奈，其实已经是《狂人日记》《阿 Q 正传》乃至《在酒楼上》的前传了。鲁迅之文是多面体，从写文言旧小说、抄古碑、谈版画、研究金石考古之学、倡导新白话文到翻译西方作品；从对排满革命党的幻想到对俄罗斯童话、《毁灭》、《出了象牙之塔》、《艺术论》、《死魂灵》、《小彼得》、爱罗先珂、日本小说与《游仙窟》等的赞美；从对被杀学生的同情、与各种文人的论战到与周作人自幼竞相誊抄前人旧札，再到一生都在整理《嵇康集》、《古小说钩沉》、谢承《后汉书》、《小说旧闻钞》、《会稽郡故事杂集》、《唐宋传奇集》、《范子计然》、《魏子》、张隐《文士传》、虞预《晋书》、《菊谱》与《说郛录要》等古籍。戊戌一代、辛亥一代到五四一代，这三代人其实是一代人。当年所有人其实都具有鲁迅式的气息（渴望让文以载道之士大夫思想进行现代性转型），而鲁迅也具有当年很多人的气息，包括柔情、不伦之恋、食古不化、乡绅式的守旧、崇洋与抖机灵、"小资产阶级格调"或女性崇拜等。而到了毛泽东时代，大部分人完全忽略了鲁迅作为一个古籍嗜好者的孔乙己式思想，而将其"单面人化"为"革命文学与文学革命"。说到底，这些都是幻觉。鲁迅只是一个作家，是一个完整的整体，是博学而内耗的百科全书派作家，只是各个阶层或意识形态都在用自己的方式利用他的局部、名言、反语或寓言。

譬如现在，鲁迅作为阅读的异化，部分文章从教科书中被摘除，官方一改过去的完全肯定，主要源于其愤怒之底色。当代人畏惧愤怒，除了避祸与人性之怯懦，也大概因在近代以来历次的愤怒中尚未看见什么好处。甚至每次愤怒之后，带来的都是灾难。况且，国人虽须有血性，可若强迫把自己的血性变成"他人的血"，搞得遍地是血，乃至"流血遍地球"，所谓"在现世界与那天堂的中间却隔着一座海，一座血污海，人类得过这血海，才能登彼岸，他们决定先实现那血海"（虽然说这话的志摩也是被鲁迅讽刺的），恐怕也不是鲁迅所愿看到的吧。

片面地误读鲁迅，也跟鲁迅出版的复杂性有关。《鲁迅全集》从1938年第一版复社六卷本、1956年到1958年版的十卷硬皮浮雕本，到1973年版二十卷本，再到20世纪80年代以后的十六卷本，大概共有二十八到三十个版本，变化比较繁乱，参差不齐，顾此失彼。20世纪80年代版的编者甚至删掉了全部翻译作品，也删掉了鲁迅亲自整理的《鲁迅辑录古籍丛编》（人民文学出版社四卷本，1990年），只保留他个人的纯创作文字和书信日记，故都不能算"全集"。

至于鲁迅始终被别人诟病的"性格缺陷"，其实根本不是问题。历代好的作家、艺术家大多有不同程度与各种各样的"性格缺陷"，乃至怪癖、恶趣、反社会人格、恨、潜意识混乱甚至精神分裂等，虽说这些未必与创作有绝对关系，但若没有"性格缺陷"，又哪里来的伟大作品？性格安全的人通常也是平庸的，而性格缺陷的背面，往往便是某种突出的天赋。另外，就像不能说鲁迅是"绍兴师爷"一样，当然也不能把鲁迅简单地说成是"无神论者"或"左翼作家"，尽管鲁迅的确赞美过物质不灭，也赞美过化学与电子的伟大、能量守恒原理与 X 光，并赞美"太阳而外，宇宙间殆无所有"（参见《集外集·说鈤》）的精神。同时，他还写了太多鬼魂、古人、梦、花朵、女子、流血烈士与乡野趣闻，有太多的刻薄、偏见与多疑在他怒火般的幽默中交织，有太多超凡脱俗的孤独成为他难以吞咽的怨气。他漫游多年，目睹无数世态炎凉，迷惘于各种革命喧嚣与颓废暮气，最终住在日本租界，拿着国民党的津贴，和女学生谈恋爱，然后又批判国民性。这些特殊的矛盾令他唯有自己能成为自己惊人的镜鉴，别人，哪怕是亲兄弟，都不能真正理解他的痛苦、绝望与对世间的不解。

《怀旧》因其原为文言，故少了关注与研究。但正如左翼文学之悖论，在特殊年代与后世认知中，意义会具有完全不同的荒谬性。罗兰·巴特在《神话：大众文化诠释》中曾言："只要确定当左翼不是革命时，当革命将自己改革为'左翼'时，左翼神话就会迸发；也就是，当它接受面具，隐藏它的名字，而产生一种无邪的元语言并将它扭曲为'自然'时。"而夏济安在《黑暗的闸门》中则云："相比旧体诗而言，鲁迅在白话新诗上的成就简直微不足道。……偶尔诗情兴起，他也索性用文言，旧体诗虽限制重重，但他并不因此感到不快，反而当作一种挑战，一种自我实现。"这些都可以作为对《怀旧》的解读。

我固然并不赞同现代汉语完全回到文言，但自民国以来，白话文与新诗的确让汉语走到了一条危险而浅薄的道路上。因这样一来，传统经学、训诂、志怪笔记小说与诗词曲赋建构的原始森林便完全被边缘化了，剩下的都是凌空飞驰的高速公路（无论革命时代还是经济时代），没有自然，没有地气。而且，或洋或土倒在其次，失去文言的中国文学，在阅读上会先让读者与数千年的汉语经验隔了一层。因即便在翻译西方作品时，译者所需的文言素质也是大于外语素质的。正如鲁迅以及民国一代所有好的译者，之所以译文至今无法超越，并非是他们对西方了解多于当代，而是文言传统的修养远胜于今天的人。

总而言之，现在谈鲁迅尚早，因他的影响尚在延续之中。再过两百年回头看看，或许更加清楚他的意义。若以阿那克萨戈拉的话来譬喻鲁迅的《怀旧》还是可以的——在他新文学的巨浪下，其实还是旧文学的海底。《集外集》序言中说得清楚：虽然"中国的好作家是大抵'悔其少作'的，他在自定集子的时候，就将少年时代的作品尽力删除，或者简直全部烧掉"，但是"我惭愧我的少年之作，却并不后悔，甚而至于还有些爱，这真好像是'乳犊不怕虎'，乱攻一通，虽然无谋，但自有天真存在"。可以说，鲁迅终其一生也依然是带着这种无谋天真之少年气的。这是他革命之元气，也是他绝望之根源。就像他后来的所有芥川龙之介或果戈理式黑暗情结与白话文作品，也都带着某种晦涩的文言气一样。雪的一部分（乃至全部）是黑的。他看见了。太阳比伯罗奔尼撒更大。他理解了。只是未必每个人都能真正懂得他这种反意和革命式的绝望。

2016 年 10 月 19 日

盲目與情万古同

因见郭鼎堂先生新版《李白与杜甫》而想到的话

幻出招魂一老翁，

楚些原本是巫风。

误将荃蕙伦茅茨，

盲目與情万古同。

寂寞千年事，斯人未易方，上引之诗本为郭沫若先生在 1942 年所写《赠〈屈原〉表演者》中《饰招魂老人者》一首，现在看来仍颇有隐喻之意味。中国诗人常用愤怒支付心灵的贷款，而愤怒也许是伟大的货币，伟大却往往只是愤怒的伪钞。尤其在大时代的乌烟瘴气之下，人的懦弱更难以为文饭小品之继。泥沙俱下之时，即便"愤怒"可信，"伟大"也往往不可信。20 世纪不少中国读书人，都曾主动地服膺过他们本身并不能判断优劣或保持内心平衡的某种"道"，以至于无论结局吉凶，他们都或多或少有所悔咎，只有是否来得及反抗，或是否愿意再说一些"多余的话"之别。

近日收到"胡杨文化"何崇吉先生寄赠的新版郭沫若《李白与

166

杜甫》。这书我当然有旧版，早年就读过。对比了一下我的旧藏本（1971年版），除了没有扉页的毛语录，内容基本一样。这些年来，郭沫若的学术名作也有陆续再版，如《青铜时代》《奴隶制时代》《十批判书》《历史人物》《甲骨文字研究》《卜辞通纂》《甲申三百年祭》等。郭沫若的一些诗、小说与散文也在再版。年纪大一些的人，都还记得他当初撼动汉语新诗与戏剧于一时的《女神》《屈原》《卷耳集》《高渐离》《棠棣之花》，还有他与闻一多、许维遹等的《管子集校》以及他翻译的歌德的《浮士德》等。无论是重庆时期，还是在史语所任所长时期，他在语言学与古代文字的研究上，始终是令人一读到其作品便会肃然起敬的。但实际上，郭沫若作为一个文学家，早已被多数年轻读者所"抛弃"，尽管学术界从未将他忘记。这不仅是因为近半个多世纪以来，郭沫若因毛泽东时代的政治、身份、婚姻、爱情或人格等各种具有争议性的问题，在读书人中饱受诟病，也因其修辞方式与带有意识形态的研究，多令作品沾染了某种"革命法家"或"共产主义儒家"的烙印。比如他把秦以前称为"奴隶制"（其实应该是封建制），以凸显鼎革的合法性等。长期处于权力辐射圈以内的政治地位，也容易让人轻易地便把他异化为"御用文人"。但文史哲就是文史哲，我们本不该因人废言（这和过去那种站在另一边的因人废言是一种思维方式）。读书就应尽量令作者的现实身份"隐退"，让书本身说话。

郭沫若无论如何都是一个时代的重要历史人物，他的文本就算"过时"，其意义也是值得再研究的，如前年也再版了他全集中的"考古编"。

《郭沫若全集》三十八卷之多，其中"历史编"八卷和"考古编"十卷不用多说了，他对甲骨、卜辞、陵墓考古、金文、书法论战、上古体制等的旧学功底，以及对历史人物研究的推进等，并不亚于任何同代大家（当然他也曾导致过损失，如对定陵的挖掘造成文物氧化损毁），只是他的结论与倾向尚可商榷。其"文学编"二十卷，前五卷都是诗歌，内容跨越较大且与语言方式驳杂，从旧体、新体到毛体，从咏物、演史、抒情、用典到干脆以口语白话胡说乱写，乃至特殊年代为明哲保身而写的"歌德派"垃圾都有（这与马雅可夫斯基作品之跨越性、激进、广告、政治波普和未来主义大杂烩等，似有异曲同工之妙）。在《郭沫若旧体诗词系年注释》（黑龙江人民出版社，1982年）上下两册中，你会发现郭对五四以后新出现的一切词语，都大胆照用，诸如红旗、水电站、法西斯、民主、革命、群众、人民、反帝反封、马列、军阀、丹娘、汽油、宇宙与四人帮等，不计其数。这些与他早年那些旧体诗中所呈现的茶溪、蜡梅、咏佛、风筝、夜哭、暴虎、孤冢等传统意象，全都混在一起。而他的新诗，从早期的《瓶》《前茅》到后来的《百花齐放》《新华颂》等，修辞上又都是很严谨，或很驳杂、荒诞及泛政治宣传化的。一会儿"火烧纸老虎"，一会儿"阿Q精神已经传到了美洲"，一会儿"猪颂"，一会儿"钢，铁定的一〇七〇万吨"等。他是个极聪明之人，真的不明白其中的违和感、撕裂性和矛盾吗？就像他个人及家庭在20世纪60年代的遭遇，他真的不明白那大混乱的谜底吗？我过去也疑惑。但后来我渐渐有些不太介意，可能是"理解"了他那种"无奈或虚伪"的困境。这样说，并非是为郭沫若的某些事"翻案"，只是觉得对他的文化界定乃至人格界定，都应该很谨慎。郭沫若首先是五四一代的学者，是大时代下的诗人和小说家。学问无正邪。他的选择可能有问题，但渺小的肉身在激烈与压力之下，事后诸葛亮或马后炮式地偏于任何一种道德审判都是欠妥的。

过去读到郭沫若的小说集《地下的笑声》，便明显感到他延续了鲁迅《故事新编》的历史演绎方式，而他的四卷本自传体回忆录，尤其是《少年时代》等，其中也有很多对旧时巴蜀与清末中国民间世态的真实描写（某些篇章并不亚于李劼人）。他对李白与杜甫的理解，也与同时期冯至的《杜甫传》或洪业的《杜甫》有很多不同，《李白与杜甫》是他晚年封笔之书，那时他已历经劫难，家破人亡，毁誉参半。故书中行文看似平淡，却极可能寄存了很多他早已决定放弃的"革命性"，或早已明白的某些与自己彻底无缘的文学抱负。甚至可以说，该书是对其早期写作《屈原》的一种"内向的否定"。只是他无法直言，只托于一种叙述的镜像。中国知识分子与文化人物，想要获得自由，最需要的便是保持自己的怀疑性（这与马克思的"怀疑一切"也并不矛盾）。无论在任何时代，对任何一种哲学、思想、主义、生活方式、文艺观念或社会科学之兴起，无论现象与权威作出何种诠释，都应"不信"或"不彻底相信"。只有始终保持怀疑性，才能保持独立与智慧。如陈寅恪与胡适等便是如此。只有具备怀疑性，才有随时求变的可能性。怀疑是信仰唯一的空间，而非反之。所谓"拟向即乖"，不仅人生理想如是，这也是近百年来一切试图套用"文以载道"者，最终不得不因体制的局限而走向毁灭的经验之谈。

讨论新版郭沫若的书时，诗人茱萸兄忽然提醒我，说"八〇后"学者王璞去年在美国出版了一本有关郭沫若的专著，即《革命的可译性：郭沫若与二十世纪中国文化》（*The Translatability of Revolution: Guo Moruo and Twentieth-Century Chinese Culture*，Harvard University Press, 2018）。但这本书暂时好像还没有汉译本，我没读过，不敢妄评。不过，关于郭沫若的遗著与评价，始终是现代文史哲研究绕不过去的课题，堪称中国现代学术里被冷落的"富矿"。可惜，中国至今并没什么人真正愿意去挖掘（虽然历年都有各种相关随笔或论文）。另如夏济安先生在《黑暗的闸门》中谈左翼文学，写瞿秋白、蒋光慈、鲁迅与五烈士之谜，谈延安文学与丁玲等，但对以郭沫若、郁达夫、成仿吾等为代表的"创造社"时期只是一笔带过，基本没有涉及郭沫若的作品及意义，算是个缺憾。

　　未来研究郭沫若的学者，窃以为越年轻越好。年轻就会来得及怀疑。做学问更需要怀疑（疑古）。若能以西学角度入手研究郭沫若，则能有更大的假设空间。只是现代学人少有能以旧学与西学兼善之水平，去爬梳郭沫若从早年的天才激进诗人，到考古与成为"甲骨四堂"之一，再到从意识形态的角度编撰各种历史剧的广泛影响，又到整体文学与诗的大滑坡，最后到甚至完全否定自己的所有作品（这恰恰是他被迫选择颓废与幻灭的证据），并最终沦入年代悲剧的漫长过程。仅仅从人格遭遇上轻易否定郭沫若，是很草率的。他活着时，大家盲目地视他为毛泽东时代汉语的"文豹"（郭沫若乳名）；待他的历史遭遇与个人短处被揭秘后，又将他无限妖魔化，脸谱化，忽略其作品，视他为那个时代"没有操守的无耻文人"、"文化流氓"或好色嬗变的"负心汉"等。同是古代文字大家兼诗人，若把他拿来与王国维的自由独立之坚贞，或与陈梦家的悲惨遭遇相比，总归会很轻易地便得出一个"御用"或"媚骨"的结论。道德批判最通俗易懂，也最不计后果。记得 20 世纪 70 年代末，大家甚至连郭沫若在其自传回忆录中所写到的曾"十岁爬杆射精"之事，也拿出来当作葷笑话讲，并不以为这是一种勇于剖析人性与青春的自讼（相反，若读到萨德、乔伊斯、亨利·米勒或三岛由纪夫等外国作家的作品中有自慰或性觉醒的描写时，大家便不会这样去笑，反而会觉得那是大胆先锋）——事实上，所有这些都是在权力与时代之误导下，去解构郭沫若的文本意义。郭沫若就是个"清朝"的普通人（民国"五四一代"一直到

"四五一代"，其实都是"清朝"人，是旧学成长起来的少年），具有中华帝国时期一切普通知识人的激情、欲望、妄想与抱负（大革命时期，他也曾提着脑袋流亡东瀛，被通缉多年），也具有中国普通人的弱点、胆怯、背叛与伪善。是历史把他推到了一个他所拥有的知识结构本不能承载的社会高度。他缺乏鲁迅与胡适的远见，也没有汲取瞿秋白的教训，认识不到现代文化人最好不要从政。民智未开的社会性愚昧，也从来不会因对象的本质、被异化的思想体系和学问的独立性，去改变他们盲目信奉的某种深渊。人言可畏。集体无意识与文学无关。所谓名声只是一切误解的总和，而"盲目舆情万古同"，此句本是郭在其得意时期之作，却冷不防地也可作为他一生之谶语。

2019 年 10 月 21 日

细腻的火 读《吴宓日记》兼论一点宽容

　　人性是一种气候，随着时间的流变，也会有突然升温，或乍暖还寒。所谓世态炎凉，并不是指的物质利益，而是人性，是人类心理与本能的脉动。既然我们是人，就都有人性。所以无论发生什么，我们要做的第一件事就是：宽容。且不谈宽容万物的矛盾与一切生物的混乱，单就人类这一个种类，宽容起来也不容易。因为有宽容的地方，一定有着伤害，而且一定是离你最近的人才会被你伤害。隐逸逍遥，不食人间烟火者，无所谓宽容。因为他们反正和其他人没什么直接关系。而养尊处优，以奴性博得财富与权力者，也无所谓宽容，因为他们也不想和其他人之间有什么利害关系。宽容只诞生于最亲切的危险里，只出现在最激烈的仇恨或背叛中。它是友谊的氧气、爱情的草料、战士的境界、僧侣的韧性。它是一个狭隘、量化与卑鄙时代中最痛苦的个人空间。同时，它也是一片无比幸福的戈壁。

　　什么才是真正的宽容？这是个说不清的问题。

　　我之所谓宽容者，与诸君不同。我理解之宽容，该是黑暗人性里的灯光，在狂暴的风中摇曳着它的火苗，是一种小中见大的细腻精神。

近日读《吴宓日记续编》十大本时，一种特殊的痛感，把我带回到对大历史的宽容之中。大约因为吴宓后期一直在重庆，而那里曾是我童年最熟悉的地方。我自然也曾去过他晚年生活的地方北碚西师（西南师范大学）。因此我看他日记中出现的街名、时间与地点等，皆如遇故人。而他写国事、家事、风、雨、每日温度、读书看报、与人之争论、自己的学术思考、街谈巷议、友人琐事、批评简体字改革、充满恐惧和担忧的对话、承认错误、检讨、大字报与面对批斗的坦然……乃至每日清晨之煮卵、蒸馒头、喝粥、入厕等，全都浑然一体。此种文字让我在敏锐的思虑中，又自然地将它与那个大时代联系了起来，也与我自己所亲见过的重庆旧景物联系了起来。真是有说不出的好、说不出的美。虽然是个人日记，却用"深水微澜"四字喻之，一点也不过分。

"给我水喝，我是吴宓教授。给我饭吃，我是吴宓教授"或者"给我开灯，我是吴宓教授"等，据说这些话，就是吴宓的临终遗言。吴宓在残酷的打击中，并没有怨天尤人，而是潜心记述自己的内心和渺小的日常生活，这岂不是最大的宽容？

近代以来，关于吴宓和毛彦文之爱情的偏见和嘲笑之辞屡见不鲜。毛彦文后为北洋政府总理熊希龄之妻，是吴宓痴恋一生之人，吴宓曾为其离婚，并弃三个孩子于不顾，痛苦折腾若干年。但据说毛彦文是个热衷政治的人，并不爱作为文人的吴宓，甚至晚期对他还很反感，对于吴宓对她的一生痴情，几近于嘲笑。中国人热衷于道德批评，而从来忽略人性本能（如对胡兰成、周作人或姚文元等），但道德批评一形成文字，又大多是肤浅的外人道，不足挂齿。因若论道德，经不起批评的人就太多了。别说吴宓，就是鲁迅、胡适以及郭沫

173

若、曹禺、巴金等，无不是有瑕疵的。就像前一阵因"舒芜告密案"而推理、查证并引出的一大堆当年参与整胡风的名人一样，在特殊年代，人性的荒谬和集体无意识，可能涉及每一个人，哪怕是最有智慧、最世故的人。更何况批吴宓者，大多针对的是其爱情生活。爱情是外人能说得清楚的吗？而大众对人性之挑剔，也绝不会因其人平素之水平就放松。故看一个文人，关键还是要看其文字、见解和最终之成就。

今年初春，得空写《雨僧（或读吴宓日记）》诗一首，现录如下：

教授是好色的

但教授不是打雨伞的秃驴

夏天，他为一个女政客写下38首诗

但鸽子却嫁给了熊希龄

吴宓这人，其实跟叶芝有点像

而毛彦文正是毛特冈

她说：他是单面人，是书呆子

他的英语在汉语里干着急

1953年，在重庆，在北碚的夹竹桃中

一个四川小地主的女儿爱上了教授

可惜美于肉者，大多是冷开水

而美于骨者，又是病秧子

后来教授瞎了，瘫了，干了

每天被西师的孩子们斗得晕头转向

若找他要钱，可对着一张白纸乱读

他会以为是学衡派随笔

每个和尚都藏有一本雨天日记

钱锺书只懂注释，根本不懂爱情

一月二十四日星期日

阴，雨。7—11℃，晨5时起，入厕

读《毛选》卷一。早餐，二馒

盖宓在菜圃劳动中，初知稼穑之艰难

与劳动人民之伟大，而始生感激之心也

但似乎教授是渴死的，饿死的

教授再也不会好色了

吴宓（1894—1978）是陕西省泾阳县人，字雨僧、雨生，近代学者和诗人，民国时国立东南大学文学院教授，教育部部聘教授。1917年，23岁的吴宓赴美国留学，早岁负笈清华，留学哈佛，与陈寅恪、汤用彤并称为"哈佛三杰"。他也是近代"学衡派"代表人物之一，主编《学衡》杂志，宣传学贯中西与尊重传统并重的思想。吴宓后来为钱锺书的导师，历任西南联大、西南师大等的教授。但钱锺书因为不满他为毛彦文丢妻弃子的事，所以一度师生关系不睦。在20世纪50年代和"文革"中，吴宓饱经迫害，批斗时左腿被打成骨折，又双目失明，贫困潦倒。他的遗著除《吴宓日记》外，还有旧体诗《吴宓诗集》和《吴宓诗话》等，诗集中有很多他与陈寅恪等众多文友的唱和之作。

一直到死，吴宓都在写秘密日记，从不因被打、被斗、被孤立或因恐怖和伤病等而间断。据其子吴学昭说，吴宓"即使在被打得遍体鳞伤，不能行步，而不得不靠两手一足在室内爬行时，若抓得纸笔，他仍不忘留下一两句由衷之言"。仅此一点，就实在了不起。

在集权时代，这其实是一种类似陀思妥耶夫斯基当年写《死屋手记》的写作方式。那时中国的大环境，也像是一个大型的"西伯利亚监狱"，到处都是牛棚情绪和"罪人"。而吴宓不仅继承了中国古代文人写日记的传统，如明人冯梦祯的《快雪堂日记》、清人杨恩寿的《坦园日记》或流传甚广的《曾国藩日记》等，他还用严谨的学术思想、平常心和对时事与琐事的判断，秘密地抒发了一种大孤愤。在当时做到这一点的中国人实在不多。就算是有类似行为的，不是被消灭了，就是被内耗了，而且其作品与文学之关系不太大（如几乎有着同样遭遇的经济学家顾准及《顾准日记》）。《吴宓日记》作为文献，当年在民间辗转流传、批改、焚毁、藏匿，虽然也丢失了几本，但大部分幸存下来，数百万字，卷帙浩繁，这不仅是吴宓事件的奇迹，也可以说是近代汉语在过渡时期（从民国文言到半文半白之改造期）的奇迹和标本。这些日记几乎是一个私人的近代语言博物馆。

而吴宓的人生状态，用他在《昆明集》的《自赠联》中的话来说，就是"终为污渎池中物，自许《高僧传》里人"。

这些年，从学术上谈《吴宓日记》之价值的文章太多了，我就不赘言了。我只再谈一点纯个人的感受。

在拿到《吴宓日记续编》之后，我出于好奇，便特地找到了他在1972年3月26日——我诞生到这个世界那天的日记来读。那天我生于重庆的第一人民医院，而吴宓先生也在重庆生活。一种出自对大历史的宽容和在同一座城市空间的秘密脐带，似乎把我的私人阅读和吴宓的历史存在联系起来了。我想看看，我出生的那天，这个世界正在发生什么，我需要从某个不重要的人的私人阅历中去看。正巧，这个人就是吴宓。当天的日记不长，我看他宁静地写道：

三月二十六日 星期日

阴。晦。风。晨6：30醒，起。早餐苞谷饼二枚（四两）。

与劳改队同一排，而为其右邻之最末一间，有空室，其室门甚窄（席棚一条），而室内甚广，可住居二人（中间有席墙半隔开）。宓因凌道新（宓今借住其床位）将归来，遂于今日上午搬迁入该空室居住（室内有床桌足二三人之用）。唐君季华助扫除，并安装电灯（宓自有泡）。汪君正管助运行李。

午餐米饭二两。早晚食煮卵各一枚。

下午，即在新室覆衾午眠（未入寐）。并续搬去细小对象。个人学习桌及原在劳改队之生活、形事，均仍旧。

上下午，续读《古代散文选》。下午2—3时赴大楼入厕，由小径归。

晚餐，米饭三两，佐以酱油汤。

晚，续搬来轻小对象。迁居之事完。

晚，读完《古代散文选》。9时寝（初宿新居）。

由此一节，便可看出吴宓文字之细致入微、严谨静谧。也让我得以一窥我诞生的当日此世界的某一真实角落，真不亦快哉！

那天吴宓在搬家，而我可以说也在搬家：我是从虚无，或母亲的子宫，搬到了这个充满恨和恐惧的世界上。

当然，我看到更多的，是吴宓在被批斗的岁月中仍有的那一份旧式文人之宁静淡泊。这世界之矛盾，可以说无孔不入。耶稣曾说："饶恕他们吧，他们在做什么，他们自己不知道。"这句话和著名的"我一个也不饶恕"，是说的同一人类吗？子曰："其恕乎！"而毛泽东时代盛行"爱憎分明不忘本，立场坚定斗志昂"的哲学。这里面是否也包括我们的朋友、亲戚、爱人与兄弟？我们该更倾向于思索哪一句话？或者不……一切都是多余的。我们就应该学着去做个"达则兼济天下，穷则独善其身"的后现代儒者，是把"宽容"当成一种大众知识，让给那些在卫生间里读房龙作品的中产阶级，还是假装包容，而其实怀恨在心？目前看来，利益最大化，成了现代中国人的思想参照系。也就是说，为了成功、财富或好人缘，那种老狐狸式的"宽容"几乎与"思想"二字平分秋色了。（这在中世纪简直是邪教学说，在古中国或在古欧洲这类人都会被烧死。）而且现在它已成了普遍的社会科学和经济学。

无论如何，这些在吴宓日记中是绝对看不到的。

我忽然为"看不到那样的文字"而觉得庆幸、万幸和侥幸。

回到本文开头，我以为，吴宓的这种秘密治学、记日记、理性而不屈之精神，或许才算是真正的宽容，即自由精神随时忽略与掩饰个人痛苦，正因有了这一份隐秘的文字，内心强大者才会有对语言、生活和荒谬的释然。如最近我读土耳其小说家帕慕克的新书《纯真博物馆》时，也有同样的感觉。帕慕克在书中说："一种必需像小偷一样偷偷藏起来的痛苦，是另一种痛苦。"吴宓及其日记，不就是如此吗？他并未叫嚣自己的痛苦与烦恼，因为叫嚣都是浅薄的。他只愿如实地记下一切看见的风景，无论是穷山恶水，还是花香鸟语。而那被掩饰的苦与痛，正如他被舆论和流言遮蔽的爱与恨，全在日记中形诸文字，化为境界，烧成了一堆堆细腻的火。几十年中，一天不差，一个人不少，一件小事也不漏掉。这恰恰是最大的苦与痛，故也是最大的宽容（或不饶恕）了吧。

2010 年 3 月，北京

豮豕之牙

夏日读《养猪印谱》而想起"国之大畜"

　　猪这种动物，可谓是汉文明"国之大畜"吧，因而无处不在。甲骨、金文、小篆乃至一般楷书对"家"字的释义，即房屋烟囱下，有一头豕（猪）。古时，中国人的确是常常和猪住在一起的，不是在户外散养，而是房屋内即有猪圈。但猪在中国的形象，始终是善恶参半的。大部分时候，猪字在日常用语里是骂人的话，尤其是蠢猪、懒猪和胖猪等。记得20世纪70年代末上小学时，我班教室墙上曾贴着一张那时著名的宣传画《猪的全身都是宝》。"批林批孔"时，大家也读《论语》，便知道了阳货想见孔子，孔子不见，他便"馈孔子豚"，结果孔子收到这蒸熟的小乳猪之后，便也只好去回访阳货之事。

　　历史上吕后的"人彘"（彘即猪）和卫夫人的"墨猪"，曾作为刑罚和丑书的象征，除此之外，猪倒并不一定都是那么卑贱的。最初，"猪"用来表达数量众多之意，与诸侯之"诸"，原本为一字，后以"豕"旁分之。而猪的神格化就更多了，如《山海经》里的并封、帝江、猫大等，都算是带着猪相的怪物；《世说新语》载阮咸任诞，与豕共饮；汉武帝刘彻乳名即"彘儿"；民间甚至给猪八戒修过庙，而义和团的大师兄常能请来“猪八戒附体”。晋人崔豹《古今注》曰“猪一名长喙，（一名）参军”，可见威武。而民间多以大者为彘，小者为豕，其中最大者，恐当数东晋氐族人苻朗仿《庄子》之寓言书《苻子》所载，云：

> 朔人献燕昭王以大豕，曰：“养奚若？”使曰：“豕也。非大圊不居，非人便不珍，今年百二十矣，人谓豕仙。”王乃命豕宰养。六十五年，大如沙坟，足如不胜其体。王异之，令衡官桥而量之，折十桥，豕不量。又命水官舟而量，其重千钧，其巨无用。燕相谓王曰：“奚不飨之？”王乃命宰夫膳之。夕，见梦于燕相曰：“造化劳我以豕形，食我以人秽，吾患其生久矣。仗君之灵，得化吾生，始得为鲁津之伯。”燕相游乎鲁津，有赤龟奉璧而献。

此灵龟变猪仙的妙事，足堪与白龙化马媲美。其余典籍关于猪、豕、豚、豝、彘等的差异，如《说文》《方言》《尔雅》中各猪之别、历代史书有关猪的趣事，可查于《太平御览》之“兽部十五”，基本算一网打尽。

当然，受到敬仰的一般是神猪或野猪，对家猪或肉猪则谈不上崇拜，而是对猪肉的需求。我记得20世纪70年代重庆的猪肉是很好吃的，哪怕水煮不加料，尚未红烧或回锅前，亦有一种清香，更别提椒盐排骨、蹄花汤、火锅中的脑花，或如卤猪肚子、猪尾巴与猪耳朵那样的下酒菜。20世纪80年代北京街边的猪头肉也颇爽口，肥瘦交杂，绚丽如万花筒，肉皮冻则像琥珀玛瑙，堪与牛街白水羊头争雄。近现代文章里，曾国藩的“书、蔬、鱼、猪、早、扫、考、宝”八字箴言，可谓庄严；张爱玲《异乡记》写杀猪烹猪一段，尤为精绝惬意，“去了毛的猪脸，整个地露出来，竟是笑嘻嘻的，小眼睛眯成一线，极度愉快似的"，以及"猪头割下来，嘴里给它衔着自己的小尾巴"，竟然"充满生命的快乐"。如今又是排酸肉，又是加工的猪肉，却常浑浊无味。赶上瘟疫时期，则肉肆萧条，家庭主妇亦谈猪色变。

今年入夏间，得线装本《养猪印谱》一册。此书乃近代方去疾、吴朴堂、单孝天三位海上浙派著名的篆刻大家和书法家所著，郭沫若作序诗。据编者魏绍昌先生所记：当年，他们是因听说了"全国有两千万头母猪怀孕待产"的新华社消息，又听说当年三月"山东诸城县石门公社喂养的一头母猪，竟创造了一胎产仔六十一头的纪录"，加上猪粪还可发电、提炼维生素乙、制造焦炭、煤焦油乃至生产出人工雨用的原料等，便想到要为人民公社的新气象送上一份"雅礼"。于是几人一起开始篆刻与猪相关的印章。这种对时代之"大猪"的期待，可远比燕昭王的猪要大多了。

此印谱中所刻"大跃进"时期妙言颇多，亦大趣。印文诸如：

> 养猪大有学问
>
> 以猪为纲，六畜兴旺
>
> 让每头母猪多子多孙
>
> 反透右倾高速度发展养猪业
>
> 关键在于一个很大的干劲
>
> 为实现一人一口猪、一亩一口猪而奋斗
>
> 大搞群众运动，掀起养猪高潮
>
> 用更少的人养更多的猪

更惊人的不止这些，还有如：

养猪是关系肥料肉食和出口换取外汇的大问题

猪吃百样草，最爱小球藻

夏给猪洗澡，冬给猪铺草

扫盲不离书，种田不离猪

人勤猪不脏，人懒猪不胖

没有养不好的猪，只有养不好猪的人

人养猪，猪养地，地养人

一头猪是一个小型有机肥料工厂

一吨猪肉可换五吨钢

十二箱猪鬃可换一部拖拉机

一桶猪肠衣可换十一吨肥田粉

赶紧解决猪种问题

　　从时事、语录、口号到猪身体的每一个部位的名称，也都被篆刻成了阴阳文印章，此短文不能尽数，包括如苏北猪、金华猪、梅花猪和保山大耳猪，还有如猪肉、猪油、猪脑、猪血、猪鬃、猪皮、猪毛、猪尾、猪蹄、猪肝、猪气管、猪奶头、猪卵巢、猪睾丸、猪膀胱、猪粪尿、猪分泌腺、猪下垂体等，全都单独刻印，得百余枚，并拓边款，详解印文之意，以示其"大俗即大雅"的特殊语境和附议时局之心，可谓"养猪"高潮时代之洋洋大观也。话说回来，在篆刻上，方去疾先生的刀法筋骨，可谓力追三桥（文彭），下启瘦铁（钱瘦铁）；吴朴先生的铁线功夫精湛细腻，落笔气息俊秀，令人想起陈巨来安持之风；单孝天先生师法邓石如，印文如棉中裹针，写意若幽兰，亦为一时方寸国中之豪杰。中国人本就爱吃猪肉，印人们对"养猪强国"

的狂热自然也可想而知。1966年《人民日报》那篇著名的《用毛泽东思想指导杀猪》的报道，并非个别新闻现象，它反映了之前就有的普遍思维方式。这是猪的中国史、农业文明和意识形态时期共同的产物。三人的篆刻技艺都是一流的。只是这本印谱当时并未顺利刊行，历经灾荒年和"文革"，险些湮没无存。好在原稿在方去疾先生女儿女婿手中幸存最后一册，而方先生与吴、单二位先生，都早已离开人间。直到2014年，此谱才由刘一闻先生责编，经上海世纪出版集团上海文化出版社，以线装本印谱的传统形式面世。这是一段黑色幽默式的、不幸中之万幸的近现代篆刻史。

就动物学而言，猪的智商其实是很高的。然而作为人文意义的猪，当然还有一层象征，便是集体无意识的被圈养和蒙昧。

这就像猪八戒的形象是多元的一样。按陈寅恪先生在《〈西游记〉玄奘弟子故事之演变》中所云：牛卧蕊峹惊犯宫女，因其滞留在猪坎窟里，天神化之为大猪。因《周易》里，坎为豕。（坎为水，水是一切生命之所必需，猪皆爱饮食，无论什么样的猪，都喜欢潮湿的环境，故将印度之大猪入在"猪坎窟"内，也似乎算是门当户对的译法。）猪在上古，就常被当作行为的象征。《周易》的大畜卦，就有著名的豮豕（阉割去势的凶猛野公猪）、姤卦有羸豕（发情浮躁的母猪）等，虽然最有趣的要算是睽卦的"睽孤，见豕负涂，载鬼一车，先张之弧，后说之弧；匪寇，婚媾；往遇雨则吉"。

大畜卦爻辞云："豮豕之牙，吉；何天之衢，亨。"

诠而释之，即面对长有锋利牙齿的公猪，要先打击其要害，即将它阉割掉，这样就可制服它的野性，使其驯服，可获大吉。而牙齿是要保留的，因这样才能令猪继续进食，长肥、繁殖，或成为待宰的家猪、祭祀的牺牲品。

按《周易》大畜卦，"国之大畜"历来便是民众。当猪的意义被过度夸张时，人便不稀罕了，两者也同时失去了价值。故《养猪印谱》在当年，在今日，除行内以外，一般不会有太多的诠释。过去一度以为神圣高雅的大事，后来却只能留下一场"为了告别的聚会"。只有极少数人，会去追思它的意义。恰如范晔《后汉书·朱浮传》所载："往时辽东有豕，生子白头，异而献之。行至河东，见群豕皆白，怀惭而还。"此中悖论之荒谬，寓意之神妙，其可鉴乎？

2018 年 7 月，北京

爱情仇恨诗人

读《三诗人书简》及蓝桥
尾生之隐喻

爱情仇恨诗人。

这句话是玛丽娜·茨维塔耶娃说的，在最后那些写给里尔克的信中，她原话是："爱情仇恨诗人。它不希望被崇高化。"爱情是绝对的、语言的暴力，但也是卑贱的。《三诗人书简》中，茨维塔耶娃是最狂热的，而里尔克当时是生命中最后一年，51 岁，马上就要死于白血病。她是用语言在爱一个老头。帕斯捷尔纳克才 36 岁，并且有妻室。他们之间形成了一个欧洲诗歌史上空前纯粹的柏拉图式三角恋旋涡。帕斯捷尔纳克虽与茨维塔耶娃终生相恋，最终却在里尔克的问题上选择沉默，直到里尔克死，他才发表了最后一封迟迟未发的写给里尔克的信。《三诗人书简》我早就读过了，感人的话太多，无法列举。昨日偶然重翻，入目第一行就是这一句——爱情仇恨诗人。过去不觉得有什么特别，现在却让我突然午夜披衣独坐，痴望窗外……

苏珊·桑塔格在《同时：随笔与演说》中写道："三位诗人都被似乎是难以兼容的需要所激动着：对最绝对的孤独的需要和对与另一个精神同类进行最热烈交流的需要。"是吗？这么简单？我不知道桑塔格是否了解三人后来的关系，是否知道帕氏在后期的沉默，也不知道桑塔格在读这些书简的时候，是否也意识到这句话的秘密启示。

我也不懂这仇恨是哪里来的。所有的诗人都会被爱情消灭。还记得马雅可夫斯基那过时的宣判吗？"打倒你们的宗教，打倒你们的制度，打倒你们的艺术，打倒你们的爱情！"多么伟大的精神，但只是在语言上。最后他自杀了。他被爱情打倒。茨维塔耶娃也是自杀的，在俄罗斯抛弃她于一个乡村的夜晚，当知道家人死绝后，她上吊了。帕斯捷尔纳克陷入无限孤独。斯大林的封锁和威胁让他拒绝了诺贝尔文学奖，《日瓦戈医生》被禁，作协与人民批判或驱逐他，孤立他……但这都不足以毁灭他，是茨维塔耶娃的自杀毁灭了他。如他自己所言："玛丽娜的死是我一生最大的悲痛。"里尔克在晚年完成《杜伊诺哀歌》之后，还写了一首《哀歌》，据茨维塔耶娃说，这是献给她的，就该叫《玛丽娜哀歌》。20世纪的这三个伟大诗人，都以自己坚强的个性和命运完美地诠释了这句话："爱情仇恨诗人。"

由此，我不禁想到了蓝桥尾生的典故：

> 尾生与女子期于梁，女子不来，水至不去，抱梁柱而死。
>
> 子犹曰："此万世情痴之祖。"
>
> ——（明）冯梦龙《情史》引《庄子》载

这个故事被很多人讲过。尾生的行为，古代叫情痴，现在则叫活该在一棵树上吊死的情奴或者弱智。你就不会站到桥上去等那女人？一样能看得见她来啊。她若不来，你也能活得好好的，大不了再约下一个。我原来也这么想。但是时间越久，生活越深入，就越能深刻体会尾生这则故事所具有的象征意义，越能认识到在情感与承诺的洪水下，他的选择的纯粹和伟大，越能懂得为何冯梦龙说他是"万世情痴之祖"，就是曹雪芹笔下的人物也望尘莫及。

为什么这么说呢？

也许因为我们生活中真正占有我们情感时间的东西，不是别的，而是等待。等了一个时辰，等了一夜，或者等了一生，都没有本质的区别。很多东西（如理想与创作）都是因为经不起等待的考验而夭折的，尤其是爱情。尾生的精神是对等待与忠诚的终极诠释。至于女人或洪水，都只是陪衬。他是真傻吗？我以为未必。他不可能不知道上岸去更安全，也不可能不明白不必拘泥于今夜死。但他为什么要这么做呢？那女子为什么迟迟不来？庄子没有给我们解释，让我们自己去领悟和想象吧。唯一可以肯定的是：尾生可能是个诗人，或具有诗人性格的人。因为爱情仇恨诗人。

据近代不确切考证，春秋时期这个叫尾生的少年出生与殉情的地方，就在陕西省蓝田县附近。尾生与女子相约的那座桥，名叫蓝桥，也在蓝田县内。所以，后来美国电影 *Waterloo Bridge* 被引进到中国时，发行商嫌直译成"滑铁卢桥"不雅，在全国征求中文译名，最后一位不知名的女士寄来了"魂断蓝桥"四字，于是此片走红。那个年代的人是很熟悉这个典故的。中国人非常看重等待与诺言，看重忠诚。既然说了在蓝桥下等，那就永远也不离开那里，直到水至不去，抱着桥柱子淹死。尾生真是尾巴生的，没脑子。都不想想大水如果把尸体冲走了，那女人甚至都不知道他曾在这里等过。但是我有时候又深深觉得他是对的。他就是真理，是真爱，是真性情。那永恒等待的一夜，就是万古不移的一场对情感的沉思。

我们会发现：等待才是一切情感的教义和秘密。

越发荒诞的事情，往往也越可能是核心秘密之所在，正如 3 世纪基督教神学家德尔图良所说:"因为荒谬,所以我相信。"这就是一切爱的神学。

茨维塔耶娃还曾说:"没有人能两次踏进同一条河。但有人能两次踏入同一本书吗?"当然不能。对于书,每次阅读都是第一次。

同样,也没有人能两次踏入同一种爱情。

为什么会这样?因为人对爱情要求太高了。而爱情,茨维塔耶娃云:"据说它本来就是崇高的。"过度的要求使爱情反目为仇。诗人成了靶子。一切艺术家和情种,也都将遭到它的绞杀,血肉横飞。哪怕你告别了那个称谓,也不能告别你的本性。过去曾看里尔克说"诗是经验",我觉得很对。现在我却不这么认为了。不,写诗可能是经验,但诗本身并不是经验。诗是性格。我们这一代是读着俄罗斯白银时代的书长大的。而看看中国,在这个古诗曾经圆满,而现在诗人几乎被践踏成耻辱的地方,爱情甚至都不是唯一的凶手了。诗人因各种矛盾与社会势力而遭受着太多的苦难、贫穷和蔑视。现在是女人仇恨诗人,时代仇恨诗人,财富仇恨诗人,职业仇恨诗人,整个世界都仇恨诗人,甚至连"仇恨"都谈不上,诗人几乎成了笑话,成了段子,成了小丑。为什么?就因为诗不切实际?诗歌是免费艺术?我想不那么简单吧。或许诗就该跟油盐酱醋和黄段子一样普通,这才是它在文明中本来的位置。无论如何,诗是性格。一个英雄领袖、暴徒恶棍、死囚、精神病人、混混儿、财阀、教徒、妓女、军曹或家庭妇女等,哪怕再卑劣的人,也都有可能虽不是诗人,但具有诗的性格,像尾生那样的性格。这是消灭不了的。即使诗歌消失了,诗人也不会消失。因为爱情不会消失——因为诗就是爱情。爱情是唯美的恶魔,它嫉妒诗居然会有着和它一样的魔力,一样的纯粹和崇高,所以它仇恨诗人。

爱情从仇恨诗人开始，仇恨着所有正在爱着的人，直到他的爱死去。这就是我们痛楚的根源，以及一切内心黑暗与麻痹者最后的尊严。

2007 年

书信时代 夏夜读《穆佐书简》偶记

夏夜寂寂，酷暑如蒸，独坐书斋纹丝不动，也会汗如雨下。

我的乱书散了一案，却无心展卷，似乎手里无论拿着什么东西都会让人上火。摇扇烦闷之际，忽忆今年初春时，林克译里尔克书信集《穆佐书简》一付梓后，他便托柏桦传来了一份电子文件。我知道，这是林克对我的一种特殊待遇，因一般情况下作家或翻译家不会在书出版之前给人看未定稿。此稿我一直未来得及细读，因我知其中真意，绝非草草浏览可窥一斑，需潜心咀嚼，方有所获。且这份特殊待遇，大概也源于早年我曾对林克说过的一句话："你若有一天能将《穆佐书简》译出，那将是你最霸道的作品。"当时林克沉默不语。

20 年过去，这句话也许林克早已淡忘了，但我还隐约记得。

如今，有意无意间，林克也对读者（以及我）有了一个完美的交代。

我不大喜欢在计算机上读书，尤其是大书。看点短文、杂文还行。但在计算机前坐下来，面对三百多页的《穆佐书简》，我竟然读得如痴如醉。跨过翻译与抗译的隔阂，里尔克通篇静默、深邃而缜密的思维，溪水一样的语言，把我完全带到了杜伊诺堡，带到了穆佐的田园边，也带到了我自己写诗的少年时代。仿佛我也是里尔克的一个友人，聆听着他对幽居的感叹，偶尔有一些淡淡的颓废，但更多的是对神学、恋人、病与死亡的追问。

严格地讲，里尔克无疑是19世纪末的文人。他的文风也是19世纪的。虽然他的作品中已经初露工业时代的疮痍，并带着后期象征主义的气息，但总的来说，其精神依然是山林的、柔和的，甚至是羞涩的。他最大的愤怒，哪怕是《杜伊诺哀歌》中天使的愤怒，也不过是一朵花的愤怒。中国人一直觉得洋人激进、怪异，以释放个性或宣泄禁忌为能事。从特拉克尔、庞德、叶芝、曼德尔施塔姆到奥登、策兰、普拉斯等，20世纪的西方鬼才诗人们的艳丽修辞无不让读书人热血沸腾。对我们这些东方读者来说，里尔克的诗相比之下竟有些太"正"了，似乎缺了一点邪气、一点吊诡，也缺了一些孤绝、偏锋和冷酷的魅力。

但也就是这种纯正，不断地吸引我们在里尔克这里驻足。

与其说他是德语诗人，不如说他更像是中东诗人。他咏叹事物的语气，更像是带有强烈宗教信仰的中东诗人的语气，比如后来的阿米亥等，而这种语气在《穆佐书简》中更为清晰。

生活中影响过里尔克的人有很多，如罗丹、塞尚、托尔斯泰、瓦雷里、莎乐美、沃尔普斯韦德画家群、塔克西斯侯爵夫人还有他的妻子克拉拉，以及一些我们完全不熟悉的贵妇人、文友、少女、晚辈，包括茨维塔耶娃（晚年进行爱情的交流）等，这些人的阅历和灵魂，都星罗棋布在里尔克的作品中，导致他的很多诗句像谜语。而里尔克在与他们通信的年代，正是帝国主义列强进攻远东、俄国革命、奥匈帝国革命、第一次世界大战、达达主义与未来主义等横扫西方的时期。整个欧洲社会陷入巨大的灾难和恐怖，而文学与艺术，则正处在不破不立的转折点上。想要在这当中求得一份安宁和静美，潜心写作，往往需要比投身于前线更大的勇气和定性。但里尔克做到了。

他是如何做到的？《穆佐书简》便是这一切的谜底。

无疑，里尔克的语言修辞是玄奥的，也是平实的。他的书信文字，可以说通篇都是《严重的时刻》一诗之繁衍：每处文字，都有一种"此刻有人在世上某处走，无端端地在某处走，向着我"之意境。这种荒诞、孤独而干枯的信心，犹如一个长达一生的决定，无意间便构成了他的诗学，以及对他诗的诠释。其中的事件、格言、思想和对人生的解剖不计其数，无法一一摘取。仅对我个人来说，他在信中谈到十四行诗的地方，对我多年前在翻译时遇到的迷惑，提供了一些具体的指导与补遗。

在 1922 年 2 月 7 日在致格特鲁德·荻卡玛·克诺普夫人信中，里尔克说：

> 在激情突发的几天之中（本来打算做别的事），我被赐予了这些十四行诗。
>
> 您一读就会明白，为何您必定第一个拥有它们。因为，联系虽然很松散（只有唯一的一首，倒数第二首，即第二十四首，将薇拉本人的形象引入这种奉献给她的激动之中），但它还是控制并推动着整体的运行，而且越来越多地贯穿着——诚然很隐蔽，以至于我渐渐才看出来——这种不可遏制的、令我震撼的诞生。
>
> 您就亲切地将其纳入您神圣的怀念之中吧。

再如，1923 年 4 月 20 日致克萨韦尔·封·莫斯的信：

您提到《致奥耳甫斯的十四行诗》：它们大概，某些时候，有点冷酷地与读者对立。它们也许是我曾经忍受并完成的最秘密的神授记录，我自己觉得，就其产生和诗句自发趋向我而言，也是最神秘的记录。整个第一部是在独特的屏息凝神的听从中，于1922年2月2日至5日写下来的，没有一个词犹豫不决或可以改动。就在那段时间，我已经对另一项宏大的工作准备就绪，也已着手进行。由于自身存在上的这类经验，我的敬畏和无限感激怎能不与日俱增。我自己也才越来越多地探究这种使命的精神，而十四行诗表明自己正是该使命。至于这些诗是否可以理解，我现在完全有能力（复活节期间，朋友来访让我欢喜，我可以进行检验）一边朗读一边准确地讲出含义，这绝不是写成之后难以理解其关联的一种诗。不久前的检验结果使我备感充实和满足。

也许，若是如我所愿，一个美好的夏日也在今年又把您带到我的身边，您就可以坐在我幽静的房间里，倾听整本诗集完满地为您解答始终悬而未决的问题。我准会感到欣喜，今年在穆佐若有这样一个相聚的时辰恩赐给我们。

在另一封寄给封·施勒策夫妇的关于《致奥耳甫斯的十四行诗》的信里面，里尔克甚至还写了注释。而在1923年6月1日致玛戈·西佐－诺里斯－克鲁伊伯爵夫人的信中，里尔克详细谈到了十四行诗中关于独角兽之象征的细节：

在那首写给狗的诗中，"我主之手"指的是神之手；这里的神即"奥耳甫斯"。诗人想引来这只手，好让它——由于狗的无限的分担和牺牲——也为狗祝福，几乎像以扫一样，狗披上自己的皮毛，也只是为了在自己心中分有一份对它并不相宜的遗产：兼具苦难与幸福的整个人的存在。

所以您瞧，您想得太远了，超出了这首诗的范围，如果您认为，必须借助于灵魂游荡的想法，但这种意义上的灵魂游荡对于我是陌生的。我相信，在《致奥耳甫斯的十四行诗》中，没有一首诗——当然常常以他那些最隐蔽的名称——暗指组诗中没有完全写出的某个事体。对我的信念而言，也许是"影射"的任何东西皆与诗的不可描述的此在相矛盾。所以在《独角兽》一诗中，也并未连带点出基督之譬喻；而是只有对未曾证实、不可把握之物的一切爱，只有一切信仰——针对我们的心灵历经数千载从自身之中所创造所颂扬的那种事物的价值和真实——可能在诗中受到赞美。我这种态度也决定了我对比贝斯科的著作所持的高度评价……事实上，传统越是在外部被割裂和被掐断，对于我们这就越具有决定意义：我们是否始终有能力对人类最久远最隐秘的传统保持敞开并加以传导。《致奥耳甫斯的十四行诗》——我对它的理解越来越深——正是在最后的顺从中沿这个深沉的方向做出的努力……

独角兽具有在中世纪一直备受推崇的一切贞洁含义：据说它（对于凡夫俗子是非存在物）一旦出现，它就在处女为它捧出的"银镜"中（见十五世纪的壁毯），也在"她心中"，亦如在第二个同样纯净、同样隐秘的镜子中。

由此可见，里尔克的十四行诗中无论是多么晦涩的隐喻，都有其渊源，绝非作者无中生有。只是这种写作和阅读，都需要谙熟一些典故。从某种意义上来说，里尔克在20世纪20年代其实就已经开始了解构主义的文本实验，只不过他是用诗的形式，而不是像罗兰·巴特那样用散文的形式。

记得 1989 年 4 月，绿原先生便组织出版过一本《黑色太阳群——德语国家当代诗歌精选》。这本书中收录了二战后几乎全部最重要的德语诗人，如策兰、布莱希特、保罗·海泽、恩岑斯贝格尔、君特·格拉斯等，而且还是双语对照版。其中有德国当代诗人海因茨·皮翁特克（Heinz Piontek）的《艺术科学院》一诗，可见里尔克在战后德语诗人中的影响：

喝完黑咖啡我们开始
踩着躺在地上的钢丝
精神抖擞地跳舞

"我，我触到了里尔克"

但到了 20 世纪 90 年代中期，林克到德国做访问学者时说，现在德国几乎没人读里尔克了，就连大学教授都不读。里尔克一词几成图书馆里的文献和辞典条目。其实也不仅在德国，就是在中国，在全世界，里尔克诗中的那种温柔、默然和静谧的东西，似乎也很难再勾起浮躁的当代人的阅读激情。在充满电影、语言的暴力和加速度的互联网时代，靠田园牧歌、乞丐、盲女、疯人、狗、希腊神话人物、侏儒、树、旗手、马、圣母和天鹅等传统象征主义的意象表达出的情景和美感，似乎已不再能触动我们当代人麻木的感官。

这个世界，似乎正朝着与里尔克几乎同时代之未来主义者所标榜的战争、机器、血和汽油的方向前进。只不过那时是用枪比画，现在是用钱比画。而陷入枪与钱之两难境地的诗人们，就像是诗歌的笼中豹一样，自以为正因"伟大的意志陷入晕眩"。在诗歌末日论的回光返照中，更多的诗人在加快步伐，直奔坟墓而不自知。在这样一个时期，自然没有人关心定性。定性就像里尔克一样过时。而在《穆佐书简》中，我们能读到最多的，便是这过时的定性。

当然，读《穆佐书简》让我感到意外的地方很多。据书信中的描绘，在杜伊诺城堡的门楣上，竟然刻着一个"卍"字。（因我过去曾专门写过一篇《卍镜》，讲述这个宗教符号对我产生的隐秘且极特殊的吸引力。）正是这个符号立刻让本有东方情结的他决意在那里住下来。里尔克的精神与东方人非常接近，并非因其神学的本能，或被勒塞（K.Leese）、瓜尔蒂尼（Guardini）等神学家所标榜的那些诗句。里尔克的静谧是因其"少女的性格"，以及他敏感而脆弱的抒情神经。这种柔和、严肃，并善于沉默的性格，恍若有一个天使（如他自己所说：与其说《杜伊诺哀歌》中的天使是基督教的天使，不如说是伊斯兰教的天使）把他的心灵秘密地带到了东方式的石窟里进行隐修。所以他不仅写巴黎的穷人和狗，也写伊斯法罕的雨水和玫瑰；不仅写玛利亚、押沙龙和圣塞巴斯蒂安，也写佛陀。

当然，无论东西方，也无论宗教（里尔克于 1901 年脱离教会，并反对僧侣在他死后去他的墓园），里尔克最吸引我的，是他那核心的静。这种静，对于读信的人来说，无论是他生前的朋友，还是他死后百年来全世界的读者，都是振聋发聩的静、深渊一样的静，且至今带着余音的静。

是的，我有时也这样想：真正的大的静，并不是无声的，而是一个上溯无源头的声音之余音。这余音也从不结尾，一直秘密地持续。

如他 1907 年写给妻子克拉拉的一封信，其中的静穆，甚至让我再一次感受到少年时代第一次读他诗的那种震动：

196

啊，但愿一个人没有不曾工作的回忆，那么回忆总是令人舒服，没有静静躺着和贪图舒服的回忆，也没有在等待中时光流逝的回忆，翻阅褪色的像集，读几本闲书：这样的回忆太多太多，一直到童年。生活的所有领域都失去了，甚至难以复述，此乃诱惑之过，诱惑之安逸总是还会引起诱惑。为什么？假若一个人从最初就只有工作的回忆，他的脚下多么坚实，他可以站立。但现在他每时每刻都在某处沉陷。于是他身上有两个世界，这是最糟糕的。有时我路过一些小店，比如塞纳河街，古董贩子或旧书商，或是买铜版画的，橱窗里塞得满满当当，从来没有人光顾，他们好像不做生意，但一眼看进去，他们坐着，读着书，无忧无虑（可是并不富裕），不为明天操心，不为成功担惊受怕，有一只狗坐在他们身前，兴致勃勃，或一只猫，使周围的寂静愈加深沉，它悄悄溜过书架，好像抹去书脊上的名字。

啊，若是这样可让人满足：有时候我很想给自己买这样一个满满的橱窗，可以带着一只狗在后面坐上二十年。晚上后屋亮着灯，前面一片昏暗，我们三个坐着，吃着晚饭，在后面。我发现，从街上望进来，每一次都像是一顿盛大而隆重的晚餐，透过昏暗的前厅。（但这样肯定总有一切忧虑，大大小小的忧虑。）……你知道我的意思是：没有抱怨。其实这样也很好，而且还会更好……

再如，提到工作，里尔克几乎将其与爱情同等看待。如他 1904 年写给弗里德里希·韦特霍夫的信：

认真对待爱情，忍受爱情，学习爱情像学习一项工作，弗里德里希，这正是年轻人必需的。——像其他许多事一样，人们也误

197

解了爱情在生活中的位置，把它当成游戏和娱乐，因为他们以为游戏和娱乐比工作更幸福；可是没有什么比工作更幸福，正因为爱情是最大的幸福，所以爱情不会是别的什么，只能是工作。——因此谁爱着，谁就得尝试这样去做，仿佛他有一件伟大的工作：他必须常常一人独处，反省自己，凝聚自己，紧紧抓住自己；他必须工作；他必须成为什么！

爱情是本能的镜鉴，因此我们面对爱人时，几乎不能自已。这种清冽而浓郁的冲动，这种紧张和专注，确与我们进入一项伟大的工作时的状态差不多。读到这里，我最眷念的一句，便是这句"必须常常一人独处"。很多我们本以为是需要两人（如爱情）或需要很多人（如工作、家、革命或战争等）才能完成的事，其最根本的真、纯、价值和圆满，需要的仅仅是你能凝聚自己，紧紧抓住自己——能常常一人独处，而不是在对别人的占领或外部的浮云中互相追逐，即可喻之为以修身为齐治平，或以齐治平为修身。读到这里，竟也觉得这写信与读信，竟和面壁一样惬意。于是便收笔。只因《穆佐书简》里的好文字太多，不能再引了，那将是一个无底洞。

最后我还想说的，是一份意外的感触：在今日这个书信基本绝迹，甚至堪称"无纸时代"的文学环境中，中国似乎走得比全世界任何发达资本主义国家都彻底。尽管我们读书人从来没有放弃过读《报任安书》《朱子家书》《小仓山房尺牍》《秋水轩尺牍》时的传统快感，可一旦进入信息时代，便好像速度的意义完全代替了信的意义。我们可以看古人的信，但自己是不会写的。写什么呢？简直没什么可写。写信好像一种腐烂的恶习，只属于那些生活在最底层黑暗中之牢骚者。人和人现在若无具体事，就没必要说话。很多朋友若无利益关系，也就可以永远不见了。就各忙各的，各自投入到各自渺茫大化的虚无中去吧。大家都无所谓。但这是一种多么可怕的无纸、无话与无所谓啊。传统书信之绝迹，几等同于第二次失语。但这就是我们的夏天。读里尔克这些将近百年前的信，真颇需一些耐烦，一些宽容，甚至一些麻木与冷漠。因这些信毫无色飞骨惊的修辞刺激，更与我们今天的困境格格不入，却又那么让人艳羡嫉妒。这个夏夜太热了，连一丝风都没有。这热啊，将裹带着多少机器、油污、放弃与怀疑的人蒸腾？又有多少人会在这一夜中死去？而"死亡没有认清，爱也没有学成，远远地死在异乡的事物，也没有揭开面目"。我们只有从那久违的语言中，或能找回一些救命的清凉。

2010 年 7 月 北京

再见，哀歌 对早年阅读之火的一次怀疑

前几天，收到老友林克从成都寄来的新版《杜伊诺哀歌》。

我知道这是林克所译里尔克诗的一本总集。此书一共出过三版，前两次都收有瓜尔蒂尼、勒塞等神学家关于里尔克的论文（《〈杜伊诺哀歌〉中的天使》和《里尔克的宗教观》）。这次全都没有了，只有诗，而且是林克最全的里尔克译诗。其中包括了《哀歌》中的一些断片、残篇，即里尔克在写作时删除或废弃的部分，还收有一些大家不曾注意的小诗和里尔克死之前的最后一段手记等。用林克的话说，当年冯至、杨武能、绿原、陈敬容等人译的作品很多已太好，几无一字可改，于是只能译点别的。

我第一次读里尔克的《豹》和《秋日》等诗，大约是在 15 岁，而对里尔克诗的全面了解，则是在几年之后了。

大约在 1990 年夏天，诗人赵野来北京。我们喝酒谈诗，我表达了对里尔克作品的异常喜爱。在我音乐学院的小屋子里，赵野偶然看见我书架上有一本英文书，即帕斯捷尔纳克《安全保护证》的英译版（*I remember*）。这本书应该是当年一位诗歌翻译家李赋康送给我的，

因我那时极度迷恋帕斯捷尔纳克的诗与小说。但是，我对此书并不太用心。况且我英文太差，根本看不了。赵野见到后，立刻说可以用一本英德双语对照的里尔克《致奥耳弗斯的十四行诗》与我做交换。他回去后马上就寄给我。我想了想，便答应了。

谁知，赵野是如约把书寄来了，但并非原书，而是一沓复印件。

尽管如此，我依然很兴奋。因为当时我对此组诗久闻其名，但只看过冯至等人的一些零星译作，从未窥见全豹。这是我第一次看到全书。

激动之余，我连夜翻看这本诗集。

但左边英文，右边德语，我如同面对天书，只能望洋兴叹。

1991 年，我因故在广州住了半年，正是写诗巅峰期。这期间，我急不可耐，就自己查着英文辞典，挥汗如雨，逐字逐句地翻译《致奥耳弗斯的十四行诗》。我译它不为别的，完全是译给自己看的。大约用了一个多月的时间，我竟然"译"完了这 55 首十四行诗。但其中遇到很多问题，我一时找不到人请教。转年冬天，我就在重庆费声家中遇到了翻译家林克。我早就听说他一直在译里尔克，还记得我当时见到林克的第一句话劈头就是："听说你译里尔克，我想请你校对一下我译的全部《致奥耳弗斯的十四行诗》。"

林克惊问："全部？你怎么翻译的？"

我说出了事情原委。林克很诧异，也很意外。因为，很少有人知道第一个把此诗集变成过汉语的人，是一个 19 岁的少年诗人。他把我的笔记本拿去看了。过了几天，他告诉我，其中有一些错误、疏漏和误读，但基本"猜"得没错。林克的话让我一块石头落地，心中窃喜。我的这本翻译笔记，至今仍保留在家里的数据箱中。

当然，林克说的是客气话。我的那本译文不值一提。因为我根本不搞翻译，而且我是个很不严谨的人。硬着头皮译，完全是为了让自己能早点了解该诗的内容。这相当于一次漫长的、充满误读的细读。自那之后，我又看了林克初译的几首《杜伊诺哀歌》。老实说，我一开始对《杜伊诺哀歌》的语言方式是很不熟悉的，那几乎是一种准散文体式的意识流叙述，后来我才渐渐喜爱上。

现在我说这些，是想证明我早年是多么喜欢里尔克。

我知道他无非是在同时借用但丁和彼特拉克的两种方式，写新的象征主义诗篇。他甚至将《杜伊诺哀歌》中的天使定性为伊斯兰教的。

但是这个时期似乎彻底过去了。除了一些短诗，我对里尔克的一些长诗，包括给茨维塔耶娃的《杜伊诺哀歌》，所产生的阅读的惊异感，随着年深日久而渐趋麻木。这是我自己的问题，还是在语言流变中我已对这种荷尔德林的叙述方式失去了早年的激动？后来读到北岛在《时间的玫瑰》中，对里尔克两首大作的评价，也是一种类似的怀疑，北岛也认为这两首诗"被西方捧得太高了"。这句话我其实非常理解。

况且，我已有十几年没有重读过这首长诗了。这次，借林克的书，我又再温习了一遍，并把绿原和冯至等人的译本翻出来对比……我有些失落。也许《致奥耳弗斯的十四行诗》还好，毕竟那都是些短诗，有些东西还能依旧召唤我。但对《杜伊诺哀歌》，我却只能流于一种冷眼旁观了。

那种长篇累牍的大抒情，让我突然觉得很空洞、寂寥和无奈。那只不过是19世纪末期一个西方知识分子的瓶中信，也许远远不如他的《穆佐书简》更具有深远的意义。因为在我看来，里尔克一切好诗的第一特点就是"克制"。但这一伟大的、必需的特点，却在《杜伊诺

哀歌》中散失殆尽了。

只不过，年少时读他，我尚未意识到这个问题。

也许还是那句老话：这世界还没有诗，诗必须重新创造。

是，阅读是会变的。但也有不变的东西。比如，我一直喜欢的是更绝对、更极端和更精练的诗。我从未对唐诗或但丁、波德莱尔、曼德尔施塔姆的诗有厌倦感，甚至对里尔克的很多短诗也从未厌倦，但对里尔克的这十首巨制，我似乎已没感觉了。人生的阅历，已使我无法进入。可当年的那些句子是多么熟悉啊，就像我熟悉林克的笑声、酒、字和表情，就像熟悉每次去找他玩时，重庆歌乐山下的那条弯曲的铁路。往事历历在目。但对于书中那种漫长的语言方式，无论我自己怎样强迫自己进入其中世纪古堡式的语境，皆不能成功。我觉得，我可能不自觉地也在告别一种当时的东西：对一切早年的语言之火，开始怀疑。

这正如本书最后收录的，在 1926 年 12 月中旬，里尔克死前最后的笔记本上最后的一段手记里所写的那样：

> 这燃烧的人，难以辨认，还是我？
>
> 许多的回忆，我不带进来。
>
> 哦，生命，生命：外部的存在。
>
> 我在烈火中。无人认识我。

2010 年 2 月 1 日北京